在櫻花盛開的季節遇見妳

淚光閃閃的春季

水瀨紗良—著　緋華璃—譯

目次

CONTENTS

君が、
僕に教えてくれたこと

KIMIGA BOKUNI
OSHIETE KURETA KOTO

第一章

幽靈的請求

那傢伙今天也在。

每天放學回家都會經過車站前的便利商店。

那個穿著水手服的少女，今天也從停車場的角落直勾勾地凝視店內。

富樫天完全無視那個看得一清二楚的身影，站在自動門前。

叮咚。

踏進店內的同時，耳邊傳來什麼東西散落在地板上的聲音。

「對、對不起。」

伴隨著熟悉的嗓音，藍色的便利商店制服飛身撲到跟前。

年輕的女性店員用黑色橡皮筋把頭髮紮成馬尾，露出光滑圓潤的額頭。透明的妝感近乎素顏，天起初還以為她跟自己一樣都是高中生，但她好像比自己大一點。

從收銀櫃台裡衝出來的店員急忙撿起掉在地上的東西，似乎是沒能好好地把找零的錢交到客人手中，不小心在客人腳邊散落一地。

「真的很抱歉！」

店員誠惶誠恐地低頭賠不是，把錢交給客人，西裝筆挺的男客人一臉不耐煩地低頭看著店員。

又是那個女人。

天小聲嘆氣，視線從兩人身上移開，走向飲料區，站在陳列著一公升牛奶的貨架前。

「謝、謝謝光臨。」

店員道謝的同時，客人已經消失在自動門外，看樣子氣已經消了，沒有多加糾纏。

天心不在焉地盯著牛奶的保存期限，耳朵仍聽著櫃台裡的對話。

「櫻木小姐，別緊張，別緊張。」

耳邊傳來甜膩的男性聲音，是大約半年前開始在這裡打工，看起來很輕浮的棕髮大學生。兩人總是排同一班，由輕浮男熱心地指導冒失女工作。

冒失女姓「櫻木」，因為動不動就會聽見她的名字，不想記也記住了。

「對不起，我真是成事不足、敗事有餘……」

「沒關係啦，櫻木小姐，一件一件慢慢來。」

男人安慰女人。這也是老樣子的戲碼，都快看膩了。

天拿起紅色盒裝的一公升牛奶，走向櫃台。

「啊，歡迎光臨。」

櫻木看到天，原本緊繃的表情稍微放鬆了點，她已經記得幾乎每天都來光顧的天了。

「咦？這個……」

看到天放在櫃台上的牛奶，櫻木微側螓首。

「怎麼了嗎？」

「啊，我只是想說怎麼跟平常不一樣，你平常不是都買藍色盒裝的牛奶嗎？」

「那個喝膩了。」

天平鋪直敘地回答，櫻木噗哧一笑。

「牛奶倒是沒有喝膩呢。」

要妳管。

「多少錢？」

「啊，抱歉！呃……」

櫻木笨手笨腳地開始掃條碼，她的胸前別著用平假名寫的「櫻木」名牌。

「兩百五十七圓！」

天從口袋裡掏出錢來，放在櫃台上。櫻木從收銀機裡拿出零錢，小心翼翼地交給他，以免又掉到地上。

她的手有一瞬間碰到天的手，沒有戴戒指，也沒有擦指甲油，但細緻的手指很漂亮。

「謝謝光臨！」

櫻木笑著對他說。隔壁櫃台的輕浮男見狀露出不爽的表情。

天輕輕地點頭示意，頭也不回地離開便利商店。

累死了。最近光來便利商店就覺得好累。

都怪那個女人。

第一次見到櫻木約莫是一個月前，寒假的時候，在那之後她幾乎每天都有排班，但至今就連簡單的工作仍錯誤百出。雖然不關天的事，還是難免為她擔心。

不是工作能力低到不可思議，就是與生俱來少根筋，櫻木大概兩者皆是吧。天總覺得放心不下，偷偷地回頭看。

只見櫻木在玻璃窗的另一邊笑得一臉不好意思的樣子，正在櫃台內側與輕浮男聊天。

那傢伙喜歡那種男人嗎？看起來就是個花花公子喔？瞧，這不就熟門熟路地拍上她的肩了嗎？不過這也不關自己的事。
天嘆了一口氣，轉身背對便利商店，就在那一刻。
天與水手服少女對上眼。
「慘了……」
平常都提醒自己絕對不要看，今天不小心鬆懈了。
而且看著看著，少女的臉龐頓時大放光芒。
天連忙想撇開臉，但已經來不及了。
「喂，你看得見我嗎？」
天假裝沒聽見。假裝沒聽見，絕不能回頭，這是從過去的經驗得到的教訓。
天加快腳步，穿過停車場。
「喂，等一下啦！那個活像不良少年的人！」
吵死人了。別跟上來。而且我也不是不良少年！
「等一下啦！你聽得見我的聲音吧！」
少女擋住他的去路，天無可奈何地停下腳步。
黑髮剪成短短的妹妹頭，圓滾滾的大眼睛，身上的水手服並非來自天畢業的學校，印象中應該是位於南口的中學制服。或許是因為體型嬌小，制服看來大了不只一號。

「你果然看得見我吧？」

「呃……」

「看得見吧？」

少女的臉頰染上一抹紅暈，看起來比剛才更開心地說。

「少囉嗦！別靠近我！」

破口大罵後，天回過神來，掩住嘴巴。

經過停車場的年輕情侶正望向這裡，看到天的表情，一臉驚惶地逃離停車場。

不妙。嚇到他們了。

為了不讓兩人看到自己的臉，天撇開視線，結果剛好與抬頭看他的少女四目相交。

「……好神奇。」

「妳、妳說什麼啦。還有，我不是叫妳別靠近我嗎？」

天這次壓低音量說道。

其他人看不見這位少女，也聽不見她的聲音。

能這樣與她對話的人——只有看得見幽靈的天。

「想得美。」

少女……不，穿著水手服的幽靈抓住天的手臂，溫度很低，但確實有碰到的觸感。

「好不容易讓我找到了，看得見我的人。我才不放手。」

「別開玩笑了。我可不想跟妳這種幽靈扯上關係。」

天本想破口大罵，但是看在旁人眼中，只會覺得天在自言自語。要是在空無一人的停車場破口大罵，其他人大概會覺得他有病吧。

拜兇惡的眼神與鬆開的立領制服、再加上臉部的嚴重傷痕所賜，光是這樣就已經夠嚇人了，所以大家都與他保持距離……就像剛才那樣。

「放開我啦。」

「不放。除非你答應我的請求。」

「什麼？誰要答應妳的請求啊……」

「你很棒。大家光是看到你就嚇跑了，你很強吧。」

「不，也沒有……」

「我的請求是——」

幽靈少女不理會天的抗議繼續說。

「希望你保護我姊姊。」

斬釘截鐵的聲線讓天啞口無言。

「拜託你……幫我保護她。」

冰冷的手加重了力道。

這是第幾次像這樣受到幽靈的請託了。

鎮上不時會出現像這位少女一樣的幽靈，去不了該去的地方，在人世間徬徨。

那些幽靈一發現天看得到他們就會纏上來。

「這就是妳的請求？」

「嗯。」

幽靈少女忙不迭點頭。

大概三年前，天開始看得見幽靈。在那之前他根本不相信幽靈的存在，只是覺得如果有什麼幽靈，頂多是對這世界還有留戀的人死後才會變成幽靈。

但似乎有點不太一樣。

在人世間彷徨的幽靈都有個共同點，那就是他們都「忘了某件重要的事」，如果想不起那是什麼事，就無法前往極樂世界。

想不起自己喜歡的人叫什麼名字。

忘了自己最珍視的寶物是什麼。

什麼是自己全心全力投入的興趣。

天也不知道他們為什麼會忘記這麼重要的事。
大概是死亡時的衝擊害他們失憶了。
不過，每次受那些幽靈所託，天都會幫他們找回殘缺的記憶，讓他們想起來，前往極樂世界。
所以他還以為這位幽靈少女也是要拜託他幫自己想起忘記的事，沒想到她的請求並不是為了自己，而是為了姊姊……
天把頭搖成一只波浪鼓。
「才不要。」
幽靈漆黑的雙眸瞪得更大了。
「我為什麼非得保護妳姊姊不可。這麼無聊的事我可不奉陪。」
天不留情面地斷然拒絕，扭頭就走，幽靈抓著他的手不放。
「那我可以詛咒你嗎？」
「什麼？」
「我要用詛咒殺死你。」
「這種事……」
怎麼可能辦得到——話到嘴邊又吞了回去。
以前見過的幽靈從未講過這麼可怕的話，但幽靈本來就是可怕的東西，要是讓幽靈對自己心存怨恨，可能真的不太妙。

天硬生生地嚥了嚥口水。

「我可以用詛咒殺死你吧？」

「等、等一下。」

幽靈不由分說的視線令天感到困惑，總之先聽她怎麼說好了，反正聽聽看也不會少一塊肉。

「妳姊姊是誰？」

幽靈的表情稍微和緩了幾分，用另一隻手指了指便利商店裡面。

「在那裡上班的人。她的名字叫櫻木舞衣。」

櫻木……那個笨手笨腳的店員啊！

可是天隨即想到一個問題。

雖然不明白幽靈說要保護她是什麼意思，但能明白幽靈想幫助家人的心情。就連素昧平生的自己，也無法眼睜睜地看著那個女人陷入險境。

「所以妳總是從這裡看著姊姊嗎？」

幽靈點頭。

天知道，每天經過這裡時，這位少女總是以悲切的眼神目不轉睛地看著便利商店裡面。

「可是我什麼也做不到，所以希望你能替我保護姊姊。」

有道理，幽靈既不能與看不到幽靈的人說話，也無法碰到對方。換句話說，無法與世上大多數人交流，頂多只能在一旁看著。

「比起令姊，妳難道不想……」

「我的事不重要！」

天看著眼前只是個國中女生的幽靈。這孩子為什麼會變成幽靈？變成幽靈表示她已經死了，而且想不起某件重要的事，所以才會出現在這裡。

比起自己能不能投胎轉世，她更擔心姊姊的安危。

幽靈少女低著頭，黑髮垂落在臉頰，抓住天的力氣比剛才小了些。

詛咒殺人是假的。這麼小的女孩子不可能有那種本事。

既然如此，大可以拒絕她。天已經受夠了只會提出要求的幽靈。

然而——

「知道了啦。」

不知怎的，天卻想也沒想就答應了。幽靈的臉再次重現光彩。

「我不曉得要怎麼保護她……但如果是我能力所及……」

「謝謝你！」

幽靈少女一把抱住天。就像懷裡有個雪人，感覺好冷。

「好冷！」

「欸嘿！」

天忍不住抽身，幽靈盯著天的臉說：

「我叫櫻木陽菜，你呢？」

被圓滾滾的大眼睛盯著看，天無奈地回答：

「我叫富樫天。」

「天？那以後就叫你小天了！」

幽靈——陽菜天真無邪地笑著說。

唉，每次都這樣。明明不想再答應幽靈的請求了，回過神卻每次都答應下來。

好想改掉這種無法拒絕別人的性格。

有別於笑容滿面的陽菜，天仰天長嘆。

「所以呢，妳要跟我跟到什麼時候？」

天的住處離車站前的便利商店只有五分鐘路程，位於人行道上有屋簷的古老商店街盡頭。

馬路可以讓公車通過，但也不算寬敞，路上停了很多車，所以總是擠得水洩不通。

為了不讓時而擦肩而過的路人起疑，天壓低音量對走在旁邊的幽靈——陽菜說。

「跟到什麼時候……至少跟到和小天開完今後的作戰會議吧。」

「什麼？妳要跟我回家？」

以前也被幽靈糾纏過，但至今還沒有幽靈跟到家裡過。

「話說回來，保護妳姊姊是什麼意思？她現在的狀況很危急嗎？既然如此，妳應該守在她身邊吧。」

「我就算守在她身邊也派不上用場。姊姊看不見我，也聽不見我的聲音。我就算伸手拉她，她也注意不到……所以得快點擬訂作戰計畫才行。」

到底是什麼作戰計畫啦。再說了，到底要保護她姊姊什麼？

天一頭霧水地揚起臉，看見紅燈正在閃爍。天在斑馬線前方停下穿著球鞋的腳步。

位於商店街一隅的複雜五岔路，不是大馬路，所以車流量不大，但如果不是當地居民，就連司機都很容易在這個十字路口迷失方向。

閃著紅光的行人號誌燈柱下供著幾束白花。天留意到一旁的老人，卻假裝沒看見。

那個老頭穿著住院患者的病人服，從兩週前就站在那裡了。不清楚他為什麼會出現在這裡，但肯定是有什麼事想不起來，無法轉世投胎，才會在人世間徘徊吧。

天過去曾經在學校附近的工地遇見穿工作服的年輕男幽靈，與天對上眼，男幽靈立刻纏上天，說他想回家，可是不認得路。

對那個人來說，回家的路無疑是很重要的記憶吧。除非想起回家的路，否則無法投胎轉世。

天拗不過他，只好對死去的工人進行身家調查，送幽靈回家。只見泣不成聲的妻子與年幼的孩兒正在家裡等著他。

工人用摸不到對方的手擁抱家人後，向天道謝：「能回家真是太好了。這麼一來就能跟家人團聚了。」然後就從這個世界上消失了。

這件事令天耿耿於懷。

雖然做了一件好事，但他一點也不想看到工人哭成那樣的妻兒，也不想看到幽靈目睹家人哭成這樣的悲傷表情。

所以天決定了，不想再與幽靈扯上任何關係。

「小天？綠燈了。」

一旁的陽菜觀察天的表情。天抬起頭來，開始穿越斑馬線。

經過號誌燈旁時，天緊緊地閉上雙眼。

「小天。」

陽菜的聲音從身旁傳來。

「你為什麼假裝沒看見那個老爺爺？遇到我的時候也是，你明明看到我了，卻假裝沒看見吧？」

天睜開眼，嘖了一聲。

「要妳管。」

「你討厭幽靈嗎？」

「嗄？沒有人會喜歡幽靈吧。」

天看著陽菜的臉說。陽菜的表情蒙上一層陰影。

「說的也是。你剛才也說了，不想跟幽靈扯上關係。」

陽菜淺淺一笑，低下頭。害天覺得自己好像做了什麼天大的錯事。

「不過不管是妳，還是其他人，都不是自願變成幽靈的吧。」

陽菜聞言，抬起頭來，臉上的陰霾一掃而空。

「對呀！就是說啊！我也不想變成幽靈！」

然後又用冰冷的手一把抓住天的手臂。

「可是我已經死了，回過神來，我已經在這一帶徘徊了。無可奈何地回家，見到姊姊……但姊姊好像忘不了我，每天以淚洗面……我卻無法為姊姊做任何事。我好難過、好難過……就在這個時候，天使出現在我面前，那就是你，小天！」

被她閃閃發亮的眼眸盯著看，天尷尬地撇開視線，輕輕地甩開陽菜抓住自己的手。

「我才不是什麼天使。」

如果自己向站在十字路口的老爺爺幽靈搭話、出手相助，他或許就能展開下一段旅程。

但天就是不想蹚這趟渾水，不想再因為幽靈留下慘痛的回憶，不想再受傷了。所以他決定袖手旁觀，不管老爺爺有什麼下場，都與他無關。

就連這個水手服幽靈，他也只打算虛與委蛇一番，等她滿意了，就與她分道揚鑣。至於這孩子能不能前往另一個世界，他才不在乎。

隨著離商店街越來越遠，商店的數量也越來越少。只有背著書包的小朋友從前面跑來，發出銀鈴般的笑聲，與他擦身而過。

「小天家在哪裡？」

陽菜天真無邪地問道，天指著前方。

「就在那裡。」

前面有一家名叫「富櫻居酒屋」的小店，一樓是店面，二樓規劃成住家，天從出生就一直住在這裡。

「我回來了。」

「天，你回來啦！」

正在擦桌子的母親以活力充沛的語氣說。天從正門進入店內，父親在吧台裡備料。

吧台一共有六個座位，另外有兩張四人座的桌子。由夫妻倆經營的小居酒屋，有幸得到當地常客的眷顧，生意還算興隆。

母親總是生龍活虎地與客人聊天；另一方面，負責下廚的父親則沉默寡言，有幾分工匠的氣質。天從小就看著父母忙進忙出的樣子。

「爸，我回來了。」

「喔。」

父親漫應一聲，也不看天一眼。天拿起吧台上的玻璃杯，從掛著暖簾的店門口進屋。

居酒屋也有後門，但天每天放學回家一定會從店裡經過。

「小天家是開店的呀。」

「嗯，只是專做酒鬼生意的居酒屋。」

「這不是很好嗎！你爸爸好像會做很好吃的料理給你吃。」

大搖大擺地跟著天一起進屋的陽菜說。可想而知，天的父母看不見她。

天沒有應聲，拿著在便利商店買的牛奶，爬上陰暗狹窄的樓梯。

二樓有兩間和室，一間是父母的寢室，另一間是天的房間。

拉開紙門，走進房裡，打開緊閉的窗戶。冷風灌進來，天忍不住皺眉。眼前是通往車站的馬路，路上沒幾輛車。

天把書包扔向房間角落，將牛奶倒進杯子裡，一口氣喝下。

「哇，真豪氣！小天，你喜歡喝牛奶啊。」

「關妳屁事。」

天把牛奶倒進一飲而盡的杯子裡，瞪了陽菜一眼。

「別管我了，告訴我妳姊姊的事吧。我為什麼非得保護妳姊姊不可？」

天只想快點聽她把話說完，快點跟這個自來熟的幽靈一刀兩斷。

把杯子放在從小學用到現在的書桌上，天坐在椅子上。雖說是書桌，但自從升上高中就幾乎沒用來寫功課了。

陽菜足不點地地飄起來，一屁股坐在桌上，然後目不轉睛地看著天的臉。

但她只是一直盯著天，什麼話也不說，所以天不禁尷尬地開口：

「醜話先說在前頭，我可不會打架喔。也不是什麼不良少年。」

「我知道，是我錯了。起初見大家光是看到你的臉就逃之夭夭，還以為你是打遍天下無敵手的不良少年，所以本來想讓你賞那傢伙一拳……」

天惡狠狠地看著陽菜。陽菜打馬虎眼地呵呵笑。

「小天確實不是不良少年，沒有哪個不良少年會好聲好氣地跟爸媽說『我回來了』。」

天被她誇得越來越不好意思，一口氣喝光杯子裡的牛奶。

「也沒聽說過哪個不良少年喜歡喝牛奶。」

陽菜輕快的聲音迴盪在房間裡。

「所以要改變策略！不用動手也沒關係喔。」

「所以妳到底要我做什麼呢。」

陽菜又專注地看著天的臉，吸了一口氣說：

「小天，請你跟我姊姊交往。」

天驚得下巴都快掉了，好不容易才從聲帶擠出聲音：

「什麼？」

「我是說！請你跟我姊姊交往，小天。」

天繼續往空杯裡倒入牛奶，然後又咕嘟咕嘟地一飲而盡。

「我不明白妳的意思。」

天擦著嘴角說。坐在書桌上的陽菜一股腦兒把臉湊過來。

「小天長得還不錯，太帥反而不是姊姊的菜，所以剛剛好喔。小天，你幾歲？」

「十七。」

「姊姊今年二十一，大你四歲啊。我認為還在可以接受的範圍內喔。別看我姊姊那樣，她其實很乖巧，喜歡會乖乖打招呼的人。你比那個輕浮的男人好多了。」

那個輕浮的男人——天的腦海中浮現出在便利商店打工的男人那張臉。

「輕浮的男人……妳是指妳姊姊打工的便利商店裡的那個人嗎？」

「就是他。我希望小天能從那個男人手中保護我姊姊。」

「什麼意思？」

我不解地歪著頭。從輕浮男手中保護冒失女？

「我姊姊有點脫線吧？啊，她是非常好的女孩喔，真的。可惜對男人還沒有免疫力。所以我很擔心她會不會被那個輕浮的男人騙，因此受到傷害，擔心得不得了……」

「所以妳要我和妳姊姊交往？」

陽菜揚起臉來，微笑點頭。

「要是姊姊交了男朋友，那個輕浮的男人也會死心吧。你不認為這是很完美的計畫嗎？」

「什麼？才不要呢。我也有我喜歡的類型好嗎！」

「我才不管小天喜歡什麼類型呢！你要我眼睜睜地看著我姊姊被那個輕浮的男人玩弄嗎？」

「關我什麼事！」

「那個男人看上我姊姊，上次下班後也送姊姊回家。明明已經有女朋友了！」

這句話讓天心生動搖。

「他有女朋友了？」

「嗯，對啊。明明已經有女朋友了，還想招惹我姊姊，這可是腳踏兩條船喔，腳踏兩條船！你不覺得很渣嗎！」

「確實很渣。」

天點點頭，沉默不語。

「我姊姊被那種渣男吃掉也沒關係嗎？」

被吃掉……她知道這句話是什麼意思嗎？

與此同時，天的手臂一陣寒涼。定睛一看，陽菜緊緊地抓住他的手。

「求求你，小天，保護我姊姊。」

「是要怎麼保護啦……」

「姊姊是我非常重要的家人，我不想再讓姊姊為我露出悲傷的神情了，希望你能守護姊姊的笑容。」

陽菜以有如抓住救命稻草、真誠無偽的眼神說。天感到困惑。

眼前的傢伙明明只是個幽靈。明明沒必要為幽靈做到這個地步。

「不想再讓姊姊為我露出悲傷的神情」這句話占滿天的腦袋。這個妹妹自從變成幽靈，看過幾次姊姊悲傷的神情呢？

天輕輕地把手放在陽菜的手上，將她冰冷的小手從自己的手臂上拉開。

「總之先去偵察一下吧。」

「偵察？」

「只要別讓那個男人靠近妳姊姊就行了吧？」

「小天……」

陽菜用閃閃發亮的目光低頭看著天。

「妳姊姊幾點下班？」

「我想想……今天是五點。」
天拿出口袋裡的手機，確認時間。
「快五點了，我們走吧。」
天從椅子上起身說道，陽菜也站起來，一把抱住天。
「謝謝你！小天，謝謝你！」
有如抱著雪人的觸感……天不知所措地仰頭望向天花板。
「能遇見像你這樣的人真是太好了！」
像你這樣的人——意指看得見幽靈的人。
說的也是。要是沒遇到他這種人，幽靈永遠都無法為活著的人做任何事。
「我問妳喔。」
「什麼事？」
陽菜依舊抱著天，抬起頭反問。
「若是妳姊姊能一直保持笑容……妳就滿足了嗎？」
陽菜稍微沉默了半晌，點點頭。
「嗯。」
然後小聲地說：
「只要姊姊能一直保持笑容……要我做什麼都可以。」

做什麼都可以……無法成佛的幽靈還能做什麼呢？

天抓住陽菜的手臂，拉開她冰冷的身體。

「那好，總之先去便利商店看看吧。」

「嗯！」

陽菜精神抖擻地回答，笑靨如花。

「小天果然是我的天使！」

天不耐煩地迴避陽菜的注視，拉開房間的紙門，一路跑下狹窄的樓梯。

黃昏時，天和陽菜在便利商店前的停車場等陽菜的姊姊舞衣下班。陽菜就在天旁邊，但是想當然耳，在便利商店進進出出的人都看不見她。

換言之，此時此刻只有天一個人杵在這裡。

「嗚，好冷。」

北風吹來，天摩挲穿著制服的手臂。風也吹動陽菜的裙襬，但陽菜不為所動。幽靈果然感覺不到冷嗎？好像有點羨慕，又不是很羨慕……

這時，便利商店的自動門開了，一個小女孩走出來，正要走向停車場，卻在天和陽菜跟前摔了一跤。

「啊！」

陽菜立刻衝上去。

「沒事吧？」

陽菜想扶起小女孩，手卻只是穿過小女孩的身體。

陽菜束手無策地站在快要哭出來的小女孩旁邊。

幽靈無法碰觸看不見幽靈的人。

「……真拿你們沒辦法。」

天自言自語，蹲在兩人身旁，扶起小女孩。小女孩以閃著淚光的雙眼凝視天。

「不可以在停車場裡奔跑喔。太危險了。」

「……對不起。」

小女孩嘟囔的同時，貌似母親的人從店裡走出來，喊著女孩的名字跑過來。

「怎麼了！」

什麼也不知道的母親一看到天的臉就把站在一旁的小女孩拉到自己背後。

「你對這孩子做了什麼！」

「欸，哪有做什麼……我們只是扶起這孩子……」

但母親聽不見陽菜的聲音。

「快走吧。」

母親不由分說地牽起小女孩的手，走向商店街。

「那個人是怎麼回事！太過分了吧。」

天慢慢地站起來，目送那對母女離開。

「無所謂，反正也不是第一次了。」

站在嘟嘴抱怨的陽菜身邊，天輕輕地撫摸自己臉上的傷痕。

「這不重要，妳姊姊……妳家在哪裡？」

為了轉移話題，天小聲地詢問。陽菜頂著還氣呼呼的臉，抬頭看著天回答：

「過平交道，車站的另一邊，離這裡大概十分鐘的路程。」

「嗯哼，妳姊姊是從一個月前開始在這裡上班吧？」

陽菜重拾笑臉，窺探天的表情。

「咦，小天，你怎麼知道？」

天沒好氣地瞪陽菜一眼。

「我當然知道，因為我每天都在這裡買牛奶啊。從妳姊姊開始打工以前……不只，從這裡變成便利商店以前，還是破爛的雜貨店就開始了。」

這家便利商店大約是一年前開的，以前這是一間由老婆婆經營的雜貨店，從食品到日用品一應俱全，名叫「富士屋」。獨居的老婆婆病倒之後就關門大吉，換成便利商店。

「是喔……小天真的好愛喝牛奶啊。」

天沒搭理這個話題，目不轉睛地盯著便利商店。

櫃台裡已不見那兩個人的身影。天用手機確認時間，五點多了，兩人差不多該下班了。

「啊，來了！」

陽菜的聲音讓天從手機上抬起頭來。只見舞衣穿著大衣、圍著圍巾，與頭戴毛線帽的輕浮男一起從建築物旁邊的後門走出來。

「你瞧，那傢伙纏著姊姊不放！」

輕浮男跟舞衣說話，舞衣面露微笑，兩人看起來感情很好。

「是嗎？說不定他們感情真的很好。如果是那樣的話，就隨妳姊姊高興……」

這次換陽菜以尖銳的眼神瞪著天。

「那傢伙有女朋友喔！姊姊不知道這件事！就是因為不知道才被騙！」

「證據呢？」

天反問，陽菜「欸？」了一聲愣住了。

「妳有那傢伙有女朋友的證據嗎？」

陽菜緊緊地把嘴巴抿成一條線，大聲說：

「我、我就是證據啊！我親眼看到了！我趁姊姊休假時跟蹤那傢伙，發現他和別的女人約會！」

「嗯……妳是幽靈，就算妳說妳看到了，那傢伙肯定也不認帳吧。再說了，約會對象真的是女朋友嗎？說不定只是普通朋友？」

陽菜氣鼓了臉，用拳頭捶打天的身體。

「你這個大笨蛋！居然不相信我！我要詛咒你！」

「我既不痛也不怕喔。」

真是的，為什麼偏偏被這種幽靈纏上呢？

「總之先跟上去再說。」

天回頭看，舞衣和輕浮男已經走遠了。

「糟了！得快點追上姊姊他們！」

陽菜抓住天的手。她的手果然比冰塊還要冷。

天被陽菜拖著跟在舞衣和輕浮男後面。兩人停在緊鄰車站的平交道前，警示音響起，閃著紅燈。

便利商店位在車站北口，跨過平交道的另一邊就是舞衣住的南口，從北口到南口一定得經過這個平交道。

電車聲響大作地駛過，柵欄升起。陽菜拖著天繼續跟蹤他們，風吹動了陽菜的黑髮與水手服的衣襟，活像身旁真有個國中小女生。

相較於北口林立著鱗次櫛比的小型店面，南口的馬路比較寬，矗立著大型的社區大樓及簇新的百貨公司。

舞衣和輕浮男穿過寬闊的十字路口。原本緊追在後的陽菜突然在斑馬線前停下腳步。

「怎麼了？」

陽菜緊緊地把嘴巴抿成一條線，丟下一句「沒什麼」，踏上斑馬線。

一群國中女生從天和陽菜面前走來，穿著與陽菜相同的水手服。大概是參加完社團活動正要回家吧，背著裝了球拍的袋子，興高采烈地有說有笑。

當然誰也看不見陽菜，她們打打鬧鬧地在十字路口正中央，與陽菜擦身而過。

天凝視陽菜的背影。她雖然說「沒什麼」，但絕不是真的「沒什麼」。要不是變成幽靈，陽菜應該也會跟那群女孩一樣去上學、加入社團、開開心心地笑著。

穿過十字路口，偌大的公園隨即映入眼簾。公園裡有一座大池塘，成了附近居民休憩的場所，還有可以玩球的廣場和溜滑梯、鞦韆等遊樂設施，天還是小學生的時候也經常跟朋友來這裡玩。

舞衣和輕浮男走進公園。

「穿過這座公園是回家的近路。」

陽菜一臉緬懷地瞇起眼睛說。天又陷入複雜的情緒。

穿著水手服的這個少女已經不在人世了。

陽菜究竟遭遇了什麼？

思考這件事時，兩人已經穿過公園，進入住宅區。

「我家就在那裡。」

陽菜指著前方。舞衣和輕浮男站在一棟透天厝前，不知在說什麼。天和陽菜一起躲在電線桿後面偷看。

呃，要是被別人撞見了，自己的樣子肯定很詭異吧。天也想到這個可能性，但是看到陽菜嚴肅的表情，就什麼也說不出口了。

陽菜變成幽靈以前住的家是很普通、有小庭院的獨棟房子，可是和左右鄰居有點不太一樣，總覺得好像沒人住的樣子。

「你們家沒有人嗎？」

天問道，陽菜直視前方，搖頭。

「媽媽應該在喔，爸爸大概也在。」

「咦，真的嗎？家裡有人？」

但陽菜並未回答。天只好再看一眼他們的家。

敞開的門裡面有座狹小的庭院，看起來已經很久沒整理了，雜草叢生，壞掉的狗屋就這麼置之不理。仔細看，窗戶還有個玻璃破掉的洞，天眉頭一皺。

「以前不是這樣的喔。」

或許是察覺到天複雜的心情，陽菜辯解似地喃喃自語。

「媽媽喜歡園藝，所以院子裡總是開了很多花；爸爸擅長ＤＩＹ，那個狗屋是爸爸做給我的。」

「既然如此，為什麼……」

天低頭看陽菜的臉時，耳邊突然傳來低沉的聲音。

「喂。」

天嚇了一跳，抬起頭來，那個輕浮的男人就站在他面前。不見舞衣的身影，大概已經進屋了。

「別不理我，我喊的就是你。」

男人滿臉嫌棄地看著天說。天去便利商店的時候就注意到了，這個男的大概很討厭他。

天一如既往，不著痕跡地撇開視線。
「你該不會是櫻木小姐的跟蹤狂吧？」
「什麼？」
這次換天蹙緊眉峰。
「你每天都向櫻木小姐買牛奶吧？」
「我買牛奶又不是因為她，我從很久以前就在那家便利商店買牛奶了。這點你應該也知道。」
「既然如此，你在這裡做什麼？你是從便利商店跟著櫻木小姐來的吧？」
天一口氣噎住，因為他說的沒錯，天無法反駁。男人當著天的面，不懷好意地說：
「哦，我懂了。你這身制服……」
光是這句話，天就知道男人想說什麼了。男人忍住笑意似地說：
「抱歉，是我不好。不好好說明的話，念這所高中的人是聽不懂的。」
天用力地抓緊制服褲管。這一帶只有天就讀的高中學生才會把制服穿成這樣，才會因為成績不好被瞧不起。
「你是什麼意思！竟敢瞧不起小天！」
陽菜在天身旁大吼大叫，但是想也知道，男人聽不見。

「那我就告訴你吧。跟蹤別人是犯法的行為喔。所以別再跟著櫻木小姐了。」

天咬緊下唇。只見陽菜拚命毆打男人的身體。

「不過櫻木小姐對你這種貨色大概也沒興趣吧。」

「什麼叫你這種貨色！你以為自己是誰啊！氣死我了！」

只有天能聽見陽菜的聲音。男人丟下一句「那就這樣」快步走開。

「喂，小天！你為什麼不反駁！像他那種人，給他一拳他就安靜了！」

聽著陽菜大呼小叫的聲音，天嘆了口氣。

「吵死了，我不是說我不會打架嗎？」

「這時候不會也要會好嗎！你都不生氣嗎？」

「不生氣，畢竟他說的都是事實。」

天把手插進口袋裡，走回來時路。

「等等，小天！」

陽菜追上來。

天色已經暗下來了，路燈開始一盞盞亮起。

「妳可能不知道，我念的高中是很糟糕的學校。」

天邊走邊說。陽菜跟在他屁股後面。

「不是走在路上被當成瘟神敬而遠之，就是被當成傻瓜瞧不起。」

天回頭讓陽菜看自己的臉。

「更別說我臉上還有這種傷口。」

天的臉上有一道從額頭劃過眉毛，再劃到臉頰的傷痕，看起來怵目驚心。拜這道傷痕所賜，人人避之唯恐不及已是家常便飯。這實在太糟心了，所以天決定盡可能不跟任何人對上眼。

「所以說，那傢伙說的沒錯喔。」

「哪裡沒錯了？」

陽菜不服氣地犯嘀咕。

「妳姊姊不可能看上我這種貨色。」

天停下腳步。陽菜也停下腳步，直勾勾地仰望天的臉。

「所以妳要我跟妳姊姊交往，藉此趕走那個男人的計畫不可能成功。」

「你憑什麼認定不可能成功！」

陽菜繞到天前面，大聲反駁。

「你不是答應幫我保護姊姊嗎？我只有小天可以依靠了！」

「我才沒有答應妳，而且只要認真找，說不定還有其他看得見幽靈的傢伙。」

天對仰望自己的陽菜說。

「我認為妳還是另請高明比較好。別指望我這種人。」

陽菜用力咬緊下唇，對天大吼：

「我看錯你了！」

陽菜留下天，衝進舞衣所在的家裡。

天茫然佇立在空無一人的馬路上，冷風吹過，身體打了一個寒顫。

「我到底在做什麼呀……」

被幽靈一廂情願地纏上，又被幽靈不由分說地拋下……

「那傢伙……只不過是一個幽靈。」

所以他才不想答應幽靈的請求，留下如此不愉快的回憶，一點好處也沒有。

還是算了。他不想再受傷了。

天彎腰駝背地往前走，回頭看陽菜離去的方向。

左鄰右舍開始點亮一盞盞暖色系的燈光，唯有舞衣的家始終籠罩在黑暗裡。

「啊，富樫。你來得正好。」

放學後的校舍十分喧囂，一名男老師叫住正要從樓梯間往外走的天。是教日本史的蟹澤，據說是這所學校年紀最大的老師。學生們都叫他蟹老，當他是老人家，但其實意外地尊敬他。

天下意識地想起前陣子小考的結果，他自忖應該沒有考得太差。既然如此，自己被叫住的原因大概是——

「我想把這些教材搬到社會課教室，可以請你幫忙嗎？」

果然沒錯。每次被蟹老逮住，他都會交代天做一堆雜事，明明還有很多學生看上去很閒。

但天還是答應了。

「好啊。」

明明從昨天開始，內心深處就感到悶悶不樂，想快點回家。明明不趕快離開校舍，就得搭下一班電車了。

自己為什麼是這種無法拒絕別人請求的性格呢？他好討厭自己。

拿起一個堆在樓梯間的紙箱，比想像中輕多了。社會課教室在四樓，所以他原本已經做好心理準備，但如果這麼輕，應該很快就能搬完了。定睛一看，蟹老正彎下腰，想抱起紙箱，所以天又說：「那個也交給我吧。」捧著兩個紙箱。

「拿得動嗎？」

「拿得動。」

「不好意思，每次都麻煩你。」

蟹老滿是皺紋的臉上浮現笑意。哦，原來如此，天明白了。蟹老的笑容很像在天念小學的時候就去世的祖父。

天爬上瀰漫著化妝品的味道與叫罵聲的樓梯，抵達四樓的教室，蟹老亦步亦趨地跟在天的屁股後面。

「放在這裡可以嗎？」

「嗯，謝謝你。」

天把紙箱放在桌上，吐出一口氣。

「那我閃人了。」

「啊，富樫，等一下。」

蟹老走進位於教室後面的準備室，裡頭堆滿蟹老專用的參考書及資料，蟹老總是窩在這個房間裡。

「這個給你。」

蟹老拿出小包裝的牛奶。後面的房間有蟹老專用的小冰箱，大概是從那裡拿出來的吧。

「牛奶……」

「怎麼？你不喜歡牛奶？」

「不是……」

「牛奶對發育期的小孩最好了。」

還小孩咧……自己已經十七歲了，可是看在快退休的蟹老眼中，天這個年紀或許還是小屁孩。

「謝謝。」

天收下牛奶，向蟹老道謝。

「你要不要乾脆坐在那邊喝完再走？」

蟹老坐在置於一旁的椅子上，把吸管插進自己的牛奶盒。

明明想趕快回家，天卻無可奈何地坐下。

原本在樓下打鬧的笑聲飄遠，四周安靜下來。這間教室所在的四樓沒有一般教室，也沒有給社團活動使用的教室，因此放學後一向人跡罕至。

天無可無不可地望向窗外，從這裡可以將廣大的操場盡收眼底，剛好足球社和棒球社正要開始練習。

「富樫，你最近有沒有什麼變化？」

蟹老突然問道。問這個做什麼？他應該沒做什麼會被老師盯上的事。

「沒有。」

天回答，用吸管喝牛奶。比想像中更透心涼的液體從喉嚨流進胃裡。

「這樣啊，那就好。」

蟹老也以慢吞吞的動作喝牛奶。

「本校有很多個性十足的傢伙吧？像是肯定要留級的、打破校舍窗戶的、和其他學校的學生打架的……搞得老師們疲於奔命，所以像你這種不曉得在想什麼的學生很容易被忽略。」

不曉得在想什麼啊……或許是吧。

這所學校的學生確實都是一些品行欠佳，也就是所謂的不良少年。天也配合周圍的人，故意不把制服穿好，但這都是為了不引人注意。

其實天剛入學時就曾經因為臉上的傷痕及兇惡的眼神被不正經的學長找麻煩，天沒有抵抗，所以只挨了兩、三拳就完事了。但天可不想再挨揍了，所以從此以後，他決定盡量低調做人。

不與頑劣的學生拉幫結派，也不跟他們唱反調，只要與這所學校的風氣同化即可。再忍耐一年就畢業了，只要每天淡淡地、跟平常一樣過日子就行了。

「如果有什麼煩惱要跟我說喔。」

但也不能因為蟹老這麼說，就告訴他自己的煩惱是被幽靈纏上了。

「有的話我會說。」

天回答蟹老後，站起來。

「謝謝你的牛奶。」

「不客氣，回家路上要小心喔。」

蟹老的聲音從背後傳來，天走出教室。

一如既往地搭乘電車，在一如既往的車站下車，走出驗票閘門，再穿過車站前的十字路口，就能看見熟悉的便利商店。

結果錯過了兩班電車，所以今天來得比平常更晚一點。

「好冷……」

天在北風的吹襲下縮著身體，快步走向便利商店。這時，穿著水手服的少女映入眼簾，她抱著胳膊，直挺挺地站在停車場裡，瞪著這邊。

「小天！」

天下意識停下腳步。是昨天丟下一句「看錯你了」掉頭就走的陽菜，沒想到還會在這裡遇到她。天以為陽菜已經對他失望透頂。

天藏起疑惑的心情，以稀鬆平常的語氣問道：

「妳還在啊。」

「你今天怎麼這麼晚才來？」

「與妳無關吧。」

陽菜板起一張臉說：

「小天！假如我讓你看證據，你就會從那個輕浮的男人手中保護我姊姊嗎？」

天停下腳步，看著陽菜。陽菜認真的眼神過於直率耀眼。

「嗯……會吧。」

天曾經說過「如果是我能力所及」，那句話今天一整天都沉甸甸地壓在胸口，令他耿耿於懷。

陽菜從口袋拿出某樣東西，是一支手機。天瞠目結舌。

這傢伙明明是幽靈，卻擁有手機。

可能是變成幽靈以後，還能帶著死亡瞬間身上既有的東西。那名工人也帶著香菸，看來是原本就放在口袋裡。

「你看這個！」

陽菜以熟練的動作操作手機，在天面前秀出畫面。

「這張照片就是證據！我今天上午跟蹤那傢伙，已經確認過了！」

照片確實拍到那個男人攬著陌生女子的肩膀，正要走進旅館的決定性瞬間。

「真的假的……」

這並非難以置信的事實。如果是那個人，確實有可能這麼做。

更重要的是，陽菜身為幽靈，居然能拍下這種罪證確鑿的照片，真是太厲害了，這麼深的執念其實也有點可怕。

「小天，拿出你的手機來，把我登錄為好友。」

「什麼？」

「我要把這張照片傳給你。」

天半信半疑地打開通訊軟體，將陽菜設為好友。跟幽靈變成朋友……這也太荒謬了吧。

心不甘、情不願地操作完，陽菜在天身旁大喊：

「啊，出來了！」

順著聲音望向便利商店的後門，今天太晚過來，已經五點多了，只見舞衣和那個輕浮男一起走出來。

「跟上去吧！」

陽菜不由分說地抓住天的手。這下子可能又要遭到輕浮男指控「你這個跟蹤狂！」了……但天敵不過陽菜的拚命，今天也跟在舞衣他們背後。

兩人跟昨天一樣，穿越平交道，再跨越十字路口。今天也走進公園。

「小天，你看那個！」

陽菜突然停下腳步，沒在看路的天猝不及防地撞上陽菜的背。

「好痛……」

「你看那邊！他們在長椅上坐下了。」

順著陽菜的指尖看過去，舞衣和輕浮男確實並肩坐在池塘邊的長椅上，儼然一對正在約會的情侶。

「那兩個人該不會……已經開始交往了？」

「才不是呢！你仔細看，我姊姊根本一臉困擾好嗎？其實是不好意思拒絕，所以才拒絕不了喔。姊姊就是這樣的人。」

天仔細地觀察兩人，輕浮男說話時靠得很近，看得出來舞衣雖然面帶微笑，卻也不著痕跡地拉開兩人之間的距離。

「不喜歡的話，明確拒絕不就好了……」

「姊姊太善良了，但這時一定要嚴詞拒絕才行！再這樣下去，遲早會被那個男人吃掉！」

陽菜鬆開天的手，用力地握緊拳頭。冰冷的觸感從天的手臂消失。

坐在長椅上的輕浮男移動了一下，往舞衣靠近，伸出手，撫摸舞衣的頭髮。

「啊，我看不下去了！小天，快想辦法！」

「我哪有什麼辦法……」

看著舞衣，總覺得好像看到自己。

無法拒絕別人的要求，反應過來時，已經違背自己的心意，對別人言聽計從的自己。

「很簡單啊，只要告訴姊姊『那傢伙已經有女朋友了！』、『別跟那種人扯上關係！』就好了。」

「別說傻話了，沒頭沒腦地說那種話……」

陽菜非常用力地推了天一把，天被她推得衝出去。

咦，這傢伙只是個國中女生吧？難道變成幽靈也會變成神力女超人？

「咦，你是……」

熟悉的柔和聲線令天抬頭。回過神來，自己什麼時候已經撲到長椅前的地上了。

「經常來買牛奶的人。」

坐在長椅上的舞衣雙眼圓睜地低頭看他，輕浮男則從一旁死瞪著天。

天連忙站起來，男人說：

「又是你……」

男人站起來。

「昨天才跟你解釋過吧？還聽不懂嗎？怎麼這麼不懂事！」

「少囉嗦，我也不是自願要這樣。」

「你說什麼？」

輕浮男一把揪住天的衣領。

「住手！」

舞衣站起來，衝進兩人中間。男人「呿！」了一聲，放開天。

「櫻木小姐，這傢伙是跟蹤狂。昨天也一路跟在妳背後。」

「跟蹤狂？」

舞衣微微顫抖，看著天。天不著痕跡地撇開臉。

這麼說來，他才想起今天沒去買牛奶。

男人攬過舞衣的肩膀說：

「不過別擔心，櫻木小姐，我會保護妳。」

耳邊傳來陽菜拚了命的尖叫聲：

「小天，保護我姊姊。」

天低著頭，握緊雙手。

舞衣不知所措地在男人懷裡掙扎，男人更加用力地攬住舞衣的肩頭。

「哼，別理這傢伙。太噁心了。」

男人不由分說地拉著舞衣就要離開，就在這個時候——

天的手機響了。

「咦？」

突然收到一條簡訊，天打開來看，液晶螢幕裡出現一張照片。

「走吧，櫻木小姐。」

「噢，好。」

天鼓起勇氣抬頭，叫住正要離開的兩人。

「等一下！」

男人不耐煩地回頭，舞衣則是一臉無措。天往兩人面前跨出一步，給他們看自己的手機畫面。

「你有女朋友吧？」

男人頓時臉色鐵青。

「既然已經有女朋友了，就別再糾纏她。」

男人無言以對，舞衣擺脫他的箝制。

「這是怎麼回事……」

舞衣探頭來看天的手機，問男人：

「你有女朋友嗎？」

男人又低啐一聲，瞪著天。

「你這小子……到底是何方神聖？」

天嚥了一口口水，突然感覺到一股氣息，望向身旁，只見陽菜雙手握拳，大聲吆喝：「上啊！上啊！」

「我是……」

事已至此，隨便了啦。

「我是來……保護舞衣姊的！」

天一口氣說完，男人和舞衣都愣住了。

片刻沉默後，男人橫眉豎眼地「嗄？」了一聲。

「這傢伙有病，櫻木小姐，那張照片裡的人不是我，我們快走吧。」

舞衣拍掉男人伸向自己的手。

「不，我不走。」

舞衣向不可置信地瞪大眼的男人深深一鞠躬。

「我不打算跟你交往，對不起。」

舞衣斬釘截鐵的拒絕傳進天的耳朵裡。

男人一時呆若木雞後，又朝舞衣伸手。

「妳說什麼？都已經跟我到這裡了，事到如今豈容妳反悔！」

但他的手並未碰到舞衣，因為天擋在舞衣前面。

「你夠了。」

天以低沉的聲音呢喃，看著男人的臉，視線不再閃躲，而是直勾勾地與男人對視，然後狠狠地瞪了他一眼。

「唔……」

天臉上的傷痕與銳利的視線令男人瑟瑟發抖。

「蠢、蠢斃了。」

男人不住後退，對舞衣說出貶低的台詞。

「誰會真的想跟妳這種土裡土氣的女人交往啊！」

「喂，你給我站住……」

天想追上去討個說法，但舞衣抓住他的手臂。不同於陽菜的手，是人類溫暖的手。

「我沒事。」

天回頭看，舞衣靜靜地微笑。天突然覺得很不好意思，趕緊放開舞衣。這時，遠處傳來窩囊的聲音。

「哇啊！」

天和舞衣同時轉過頭去，只見輕浮男踩到水窪，腳一滑，摔得四腳朝天，有一群小孩正在旁邊竊笑。

「太倒楣了，可惡。」

男人氣急敗壞地跺腳，逃之夭夭。舞衣凝視他的背影，憂心忡忡地喃喃自語：

「沒受傷吧……」

她居然還在擔心那種人……這個人知道自己剛才處於什麼狀況嗎？

天傻眼地說：

「受到報應了。」

舞衣似乎這才反應過來，看著天。

「妳最好對那種男人小心一點喔。」

「好、好的，謝謝你。」

舞衣疑惑地向他低頭致謝。

「那、那我先走了。」

天轉身就要走人，舞衣叫住他：

「請等一下。」

舞衣跑過來站在天面前。

「你今天沒有來買牛奶吧？我好擔心。」

擔心？擔心我？

「要再來買牛奶喔。」

「喔，好的。」

「我在店裡等你。」

舞衣嫣然一笑，走向陰暗的家。天默默地目送她的背影離去。

「小天。」

這麼說來，都忘了身旁還有個陽菜。

「你想做還是做得到嘛。」

「什麼？」

陽菜抬頭看天，莞爾一笑。

「謝謝你，小天。你剛才很帥喔。」

「我、我才沒有……是妳太煩了……」
為了掩飾羞赧，天把手機收進口袋裡說。
「不過這麼一來，我的任務就完成了。」
既然已經趕走那個男人，就可以擺脫幽靈的糾纏了。
不料陽菜的表情蒙上一層陰霾，搖搖頭。
「不，還沒有。」
「什麼？我不是已經趕跑那個輕浮的男人了嗎？而且妳姊姊也說她沒事了。」
「姊姊總是這麼說，說自己沒事。」
陽菜目不轉睛地凝視天的臉。
「所以我不相信，姊姊說的『沒事』從來不是沒事喔。」
天的視線從陽菜身上移開，望向舞衣獨自穿過公園的背影。
「拜託你……」
天的手臂變得涼颼颼。
「保護我姊姊。」
聽著陽菜宛如抓住救命稻草般的請求，天一直看著舞衣的背影，直到看不見為止。

第二章

忘不了的那天

早上起床，天走出自己的房間，下樓，走向空無一人的客廳。開店忙到三更半夜的父母這時還沒起床，但一定會準備好天的早餐，雖然是父親昨天賣剩下的飯菜。

「我開動了……」

儘管沒有其他人，天仍合掌說道。天一邊打哈欠一邊動筷子。

昨天沒睡好，因為陽菜一直出現在他夢裡，詛咒似地重複著那句話「保護我姊姊」。

「都已經變成幽靈了……」

就不要再出現在別人的夢裡。

自從趕走輕浮男的那天起，他每天都夢到陽菜。真是夠了。

「所以我不相信，姊姊說的『沒事』從來不是沒事喔。」

腦中一直聽見陽菜的聲音，天搖搖頭，把飯扒進嘴裡。

「我該不會……被那個幽靈詛咒了吧？」

這時，天突然發現桌上有一疊紙，拿起一張來看，耳邊同時傳來充滿活力的聲音。
「啊，那是我做的。做得很不錯吧？」
母親不曉得什麼時候醒了，用精神抖擻、難以想像才剛起床的聲音說道。
「妳做的？」
「我用家裡的電腦做的，再用印表機列印出來，想放在商店街打廣告。」
那是「富樫居酒屋」的傳單。
「哼……好厲害啊。」
天有口無心地邊說邊站起來。
「我吃飽了。」
「你給我站住！你只是在敷衍我吧！別看媽媽這樣，我以前可是設計學校的學生！」
母親從一早就很有精神，明明可以不用起床，但母親一定會在天出門時醒來，雞飛狗跳一番。
「我覺得很棒啊。」
母親拿起傳單，不服氣地自言自語。天想到一個好主意，搶過一張傳單。
「也給我一張。」
「你要好好幫我宣傳喔。啊，不過高中生不可以喝酒！」

天沒回答母親的鬼吼鬼叫，穿上鞋子。

「我去上學了。」

「路上小心。」

天看了還穿著睡衣、頭髮亂翹的母親一眼，便離開家門。

明明可以不用起床——天又做如是想。

「你回來啦！小天。」

放學回家，一如往常地下車，經過便利商店前，水手服少女朝他揮手。那是只有天看得見的幽靈——陽菜。

天每天都會來這家便利商店，但自從趕走輕浮男後，就再也沒見過陽菜了。肯定是因為她姊姊舞衣沒來上班吧。深愛姊姊的陽菜幾乎時時刻刻守著舞衣，寸步不離，所以只有舞衣上班的時候才會來這裡。

想當然耳，天和舞衣自那天以來也沒再見過面。

「小天，你聽我說！剛才聽店長對姊姊說，那個輕浮的男人辭職了！」

「是噢……」

天無可無不可地應道，看著陽菜。陽菜喜上眉梢地笑開了。

「那已經沒我的事了吧？」

天說到這裡，噤口不言，因為陽菜收起笑容，大眼睛直勾勾地盯著天看。

「我上次也說過吧？姊姊口中的『沒事』從來不是沒事。」

天想起舞衣獨自返家的背影，她的背影很無助，彷彿隨時都會消失不見。天也並非毫不在意，不，他其實很在意。

「嗯……可是那個男的已經不在了，應該沒事了吧？」

陽菜一把抓住天的手，力氣很大，一想到上次就是被她的蠻力推出去，天的身體抖了一下。

「你看那個！小天。」

陽菜指著店內。天順著她的指尖看過去，只見舞衣鬱鬱寡歡地站在收銀機前。

「姊姊很內疚，認為那個男的之所以會辭職都是自己的錯。」

「什麼？妳姊姊有什麼好內疚的？錯的是那個男人吧？是他承認自己有錯，主動離職不是嗎？」

「可是姊姊卻認為是自己傷害了對方。」

她在搞什麼？想太多了，枉費自己救了她。

不過舞衣確實沒有向他求助，說不定是自己多管閒事。

「我去買牛奶。」

陽菜聞言，表情為之一亮。

「嗯！姊姊一定會很高興的！」

「怎麼可能，反而會惹她生氣吧。」

仔細想想，自己那天的行動明顯很不自然，就像輕浮男說的，舞衣可能真的會以為他是跟蹤狂。

「別擔心，別擔心，去吧！」

陽菜笑容可掬地揮手。天趕緊別開臉，逃也似地躲進便利商店。

自動門打開，店裡響起招呼聲：

「歡迎光臨。」

無比溫柔的聲音，不用看臉，也知道是舞衣。

「啊，你是前幾天的……」

天不動聲色地看過去，舞衣正微笑看著他。總覺得有點害臊，天微微低下頭，頭也不回地走向飲料區。

天一面看著牛奶盒，一面偷偷地望向收銀台。矮矮胖胖的店長正和舞衣交談，那個輕浮男確實已經不在了。

天鬆了一口氣，拿起藍色盒裝的牛奶，走向收銀台。

「您好，歡迎光臨。」

店長笑著對天說。舞衣大概是受店長所託，正在準備熟食，將牛奶交給店長，店長說：「找您兩萬圓！」卻找他兩圓的零錢。

「感謝惠顧！」

「不客氣。」

天朝店長點頭示意，從收銀台前走過，這時，耳邊傳來噗哧一聲。

「今天的牛奶跟平常一樣啊。」

是舞衣的笑聲，舞衣看到天買了藍色盒裝的牛奶。

「那個！」

天下定決心，把口袋裡的紙放在收銀台上。

「這是我家開的店！不嫌棄的話歡迎來坐坐！」

「欸？」

舞衣一臉困惑地低頭看著那張紙。

那是今天早上從母親手中搶過來的「富樫居酒屋」傳單。

「咦，你家是居酒屋啊？真好啊。」

店長從旁邊探出頭來，這位店長大概最近才從其他店舖調來，不是當地人，如果是以前就住在這一帶的人，應該認識天，也知道他家的居酒屋。

「是的，不嫌棄的話，歡迎大家一起來玩。」
「好主意！下次大家一起去吧！」
「說的也是，不過店長要值晚班吧。」
「嗚嗚，就是說啊，好想跟大家一起去啊。」
店長的假哭逗笑了舞衣，她的笑容看起來已經沒事了。
「姊姊說的『沒事』從來不是沒事喔。」
天又想起陽菜說的話。
「總之！有空的話歡迎來玩！或許可以讓妳打起精神來！」
天不由分說地把傳單塞進舞衣手中，拎著牛奶離開了。
「啊，謝謝你！」
背後傳來舞衣的聲音同時，自動門也關上了。

「真有你的！小天。」
走在商店街上，陽菜調侃他。
「有什麼？」
「少裝蒜了！你不是邀請姊姊去你家開的居酒屋嗎？」
天輕聲嘆息。

「還不是因為妳很擔心妳姊，一天到晚吵著要我保護她……連做夢都不放過我。」

陽菜一頭霧水地抬頭看天，嬌小的陽菜與天的身高差了二十公分左右。

「小天……你還為姊姊準備了那樣的傳單啊？」

「怎麼可能，那又不是我的店，是我父母開的店。所以就算妳姊來了，招呼她的也不是我，而是我媽。」

公車從兩人身旁呼嘯而過。

「幸好我媽性格很豪爽，很願意傾聽別人的煩惱，所以我猜妳姊一定能打起精神來……」

陽菜又一把抱住天。

「小天果然是我的天使！」

「哇，放開我。」

天險些失去平衡，奮力推開陽菜的身體。

「誰是天使！別開玩笑了！」

「小天？」

天趕緊閉嘴，直視前方。有個買完東西要回家的大嬸直挺挺地站在他跟前，是商店街肉鋪的老闆娘。老闆娘從以前就很胖了，一段時間不見，似乎又更胖了。

「啊，您好。」

「好久不見了，小天。你看起來很高興的樣子呢。」

大嬸眉開眼笑地說。

大嬸看不見陽菜，也聽不見她的聲音，所以天看起來顯然是一個人自言自語吧。大嬸一定覺得他是個傻孩子。

「呃，剛才那是……」

「沒事，沒事，小天這麼有精神真是太好了。」

內心深處彷彿扎了一根針。

「要再來我們家買肉喔。跟以前一樣。」

「好……」

「替我向你媽問好。」

天聽話地點點頭，大嬸揮揮手，走開了。

天慢慢地抬起頭來，大嬸說的話在腦中縈繞不去。

「小天這麼有精神真是太好了。」

小天啊……

「嚇我一跳，差點就露餡了，小天？」

陽菜窺探他的表情。天板著臉，再次邁步前行。

「別在路上跟我說話。」

「當幽靈還真不方便啊。」

「話說回來，妳跟著我做什麼！」

「什麼？你現在才發現嗎？有什麼關係嘛，姊姊下班前這段時間，我想去你家跟你聊天。」

有什麼好聊的。幽靈可真有閒情逸致。

「因為幽靈跟誰都無法交流，好寂寞呀。」

天在五岔路口停下腳步，前面是紅燈，那個老人今天也站在號誌燈柱下的花束旁。

「那個……」

目送眼前熙來攘往的車流，天喃喃自語。

「幽靈……很寂寞嗎？」

白花沐浴在汽車排出來的廢氣下，微微搖曳。

「對呀，無法被任何人注意到的話，難免有些孤單。」

站在一旁的陽菜說道，稍微想了一下，又接著說：

「但我還算好的，因為我還能待在姊姊身邊，也能跟小天說話……其他去到另一個世界的人想必更孤單吧。」
行人號誌燈轉為綠燈，天慢吞吞地穿越斑馬線。
茫然佇立的老人，腳下搖曳的白花。
「小天這麼有精神真是太好了。」
那些花早在老人出現前就在那裡了，因為那些花是我媽和商店街的人供上的。
「慘了……」
天停在十字路口的正中央，心臟撲通撲通亂跳，明知得快點過去才行，腳卻不聽使喚。
燈號開始閃爍，天開始感覺喘不過氣來。
「其他去到另一個世界的人想必更孤單吧。」
去到另一個世界的人。在這裡發生車禍。獨自前往另一個世界的人……
「小天！」
有人用力拉住他的手，耳邊傳來車子的喇叭聲，天被拖著穿過斑馬線。
「你沒事吧？小天。」
回過神來，天已經在人行道上了。車子在剛才呆站的十字路口來來去去。
「嗯……沒事。」

天深呼吸，調勻氣息，額頭冒出冷汗。
是陽菜救了他一命嗎……
「我已經……沒事了。」
天回答，陽菜狐疑地盯著他的臉。
「小天。」
天邊走邊聽陽菜說。
「那個十字路口發生過什麼事？」
「什麼也沒有喔。」
陽菜聞言，擋住天的去路。
「小天也跟姊姊一樣呢。」
「哪有？哪裡一樣了？」
「明明有事，卻假裝沒事這點！」
天不悅地皺眉。
「少囉嗦！我說沒事就沒事！」
「明明就有事！」
陽菜握緊他的手，冷冰冰的觸感傳至天的手。
「你明明抖得這麼厲害。」

聽到這句話，天甩開陽菜的手。

「要妳管！妳對我根本一無所知！妳只是個幽靈！」

陽菜目不轉睛地看著天。天咬緊牙關，避開陽菜的視線。

「別跟著我！吵死了！」

天粗魯地丟下這句話，逃離現場。

衝進父母經營的店裡，陽菜沒有追上來。

「聽說喝牛奶會長高喔。」

天記得這是小學五年級的時候，身高與他不相上下，從小一起長大的書店老闆的兒子佐宗拓實說的。

「所以從今天起，我每天都要喝牛奶！」

「那我也要每天喝牛奶！」

天也不甘示弱地回答。

「我一定要長得比你高！」

「我也絕對要長得比天還高！」

兩人大眼瞪小眼之後，相視一笑。

「那好！從今天起，我們每天都要喝一公升牛奶！」

「放學後就去買牛奶！去車站前的『富士屋』買！」
「沒問題！約好了！」
「約好了！」
拓實伸出小指，天也伸出小指。
可是就在快要勾到的瞬間，拓實的手指消失了。
「咦……」
不只手指，原本在天面前的拓實也消失了。
「怎、怎麼會？拓實！」
叫喊的瞬間，眼前變得一片漆黑，彷彿全世界的光都消失了。天墜入深不見底的黑暗，只有粉紅色的花瓣輕飄飄地在黑暗中飛舞。
「拓實，你在哪裡？」
沒有任何人的氣息。
「你到哪裡去了？拓實！」
遠處傳來聲音：
「天……」
「拓實？」
「我好孤單啊……」

「孤單？」

「嗯，我一個人好孤單，所以……」

你也來這裡陪我——

天吸入一口氣，在分不清上下左右的黑暗中邁開顫抖的腳步。

「不行！」

這時，耳邊響起高八度的嗓音，是女生的聲音。

「不可以過來！」

「咦……」

「你不可以過來！」

有人從前面用力地推了他一把。沒有向後倒的衝擊，而是深深地墜落，無邊無際、無止無盡地墜落……

過了好久好久，久到他都要失憶了，唯有櫻花瓣如雪片般不斷地在天的視野裡飄落。

「天！」

啪地睜開雙眼，眼前是熟悉的老舊天花板。

「我要進去嘍！」

天還來不及回答，紙門就被唰的一聲打開了。他慢吞吞地在榻榻米上坐起來，母親傻眼地說：

「你在睡覺啊？」

母親逕自從抓亂了頭髮的天身旁走過，打開緊閉的窗戶。冷風一口氣灌進來，天的腦袋瞬間清醒過來。

「有客人拿著說是你給她的傳單來了。」

「什麼？」

母親轉過身來，滿面春風地笑著說：

「是個很可愛的小姑娘，我就想好像在哪裡看過那張臉，她在車站前的便利商店上班吧？」

天想起來了，之前在便利商店給舞衣傳單的事。

「快下來，你不能喝酒，但也還沒吃晚飯吧。不如跟她一起吃？」

丟下這句話，母親走出房間。

舞衣來啦，她真的來了。

還以為已經平靜下來的心臟又開始劇烈跳動。

「陽菜，妳姊姊真的來了！」

話說出口天才發現，房間裡沒有其他人。

「對了，是我說的，要她別接近我。」

天想起自己這麼說時，陽菜的表情。

「我說得太過分了……真糟糕。」

就算是幽靈，聽見別人嫌自己囉嗦，也一定很受傷。

「唉……真是的！」

天站起來，從窗戶探出頭去怒吼：

「陽菜！如果妳就在附近，快來我家！妳姊姊來了。」

可惜沒有人回答，只有一輛車從馬路上疾駛而過。

天嘆了一口氣，走出房間，下樓。

「啊！」

天掀起用來隔開住家與店面的暖簾，悄悄地探頭看，坐在吧台前的舞衣站起來，對天行個禮。

「我來了。」

舞衣揚起臉，有些不好意思地微微一笑。天不知該如何反應才好，猛搔頭。

「沒想到妳真的會來。」

聽見天的回答，舞衣又笑了。

「坐坐坐，舞衣，再來一杯啤酒吧？」
「啊，好啊，謝謝。」
「你這孩子，也別呆呆地杵在那裡，坐下啊。」
在母親的催促下，天坐在舞衣旁邊。不曉得她是從什麼時候開始喝，舞衣面前的酒杯已經空了。
「舞衣，妳還挺能喝的嘛。」
母親已經直接喊舞衣的名字了，不過她也不是今天才開始跟客人毫無分寸。
父親輕聲嘆息，從吧台後面伸出手來，放下斟滿啤酒的酒杯和一只空的玻璃杯。
「謝謝。」
舞衣接過啤酒。沉默寡言的父親微微頷首，又回廚房去忙了。
「來，這是你的。」
母親在天面前放下一公升裝的盒裝牛奶，示意他把牛奶倒進杯子裡喝。
天眉頭一皺，舞衣則莞爾一笑。
「還有這個。」
母親放下兩盤串燒。
「串燒？我沒有點啊。」

「這是天的爸爸招待的，不嫌棄的話請用。」

「那我就不客氣了，謝謝。」

舞衣再次低頭致謝。天在舞衣旁邊小聲說：

「我們家的串燒非——常好吃喔。」

舞衣轉向天，嫣然一笑。

「嗯，我不客氣了。」

舞衣拿起一串烤雞，送到嘴邊，是裹上獨家醬汁的雞腿肉。

天很在意舞衣的反應，也拿起一串烤雞。

「哇！肉質好Q彈，醬汁也很夠味，真的很好吃！」

「是不是？希望合妳胃口！」

母親在吧台後面笑得合不攏嘴。舞衣也笑得很開心。

天也鬆了一口氣，狼吞虎嚥地吃完整盤烤雞。

吧台座位區只有舞衣和天，後面的桌椅則坐了三名剛下班的上班族，正談笑風生地喝酒。

天邊吃父親為他做的飯，邊偷偷打量喝第二杯啤酒的舞衣的側臉。

瞧舞衣長了一張乖乖女的臉，喝起酒來倒是巾幗不讓鬚眉，說不定是個酒國女英豪。

「那個……」

舞衣把酒杯放在吧台上，雙頰绯紅地說。

「前幾天在公園……」

天心裡一驚，放下筷子。想起那天的事，好想逃走。

「你怎麼知道……我的名字？」

天幾乎是硬生生地吞下嘴裡的飯。

有道理，即使透過在便利商店裡的對話或名牌知道她姓什麼，也不可能知道她的名字，當時他卻在情急之下喊她「舞衣姊」。

糟了……總不能說是從她變成幽靈的妹妹口中聽到的。

「那、那是因為……呃……」

搞不好她還在懷疑天是跟蹤狂，明明沒有告訴對方，對方卻知道自己叫什麼名字，她肯定覺得很噁心。

天的額頭冒出汗水，一時半刻想不到可以脫身的藉口，只好打馬虎眼地喝牛奶。

「如果直接告訴她是我告訴你的呢？」

天背後一凜，望向聲音的來處，陽菜就站在對面。有點……不對，是非常不高興的樣子。

「陽……」

天差點脫口而出，急忙掩住嘴巴，又喝了一口牛奶。

陽菜氣鼓了一張臉，在天身旁的空位坐下。

「你就說我們是朋友嘛，反正我跟你一樣大。」

「什麼……」

「如果我還活著，也是十七歲的高中女生喔。」

對了，原來如此，因為她穿著國中的制服，天一直以為她比自己小……如果她還活著，應該和天一樣，已經十七歲了。

天轉向另一邊，舞衣正一臉匪夷所思地側著頭。

真是夠了！既然如此，隨便啦！

「因、因為我是櫻木陽菜的朋友！」

「什麼？」

舞衣的臉色變了。天接著說：

「所以我是聽陽菜提到妳的事……不，我也見過妳一面，所以記得妳的長相。」

唉，居然能臉不紅、氣不喘地扯下瞞天大謊。天都快要不認識自己了。

「便利商店的名牌不是寫著『櫻木』嗎？所以我知道妳就是陽菜的姊姊……發現那個男人一直纏著妳不放，所以……」

好牽強。好牽強的藉口，這麼爛的藉口能說服她嗎？

「真的嗎……？」

舞衣的聲音在耳邊響起。

「真的。」

「那你知道……陽菜已經不在了吧。」

「知道……」

天點點頭。沉默持續了好一會兒，天錯愕地「欸」了一聲。

因為舞衣哭了。

「呃，那個……」

舞衣又哭又笑地對手足無措的天說：

「抱歉。我突然想起陽菜……」

天的胸口一緊。

謊言令他痛苦萬分。他和陽菜不是朋友，他們最近才認識，而且認識的時候陽菜已經變成幽靈了。

「原來如此，原來你是陽菜的朋友啊，所以才這麼關心我。」

眼淚順著舞衣的臉頰滑落。

「那個，這個……」

天沒想太多就遞出手邊的毛巾。舞衣噗哧一笑，說了聲「謝謝」接過，輕輕拭去滴落的淚水。

「笨蛋！你這孩子怎麼回事！」

「好痛。」

母親從背後敲了他的腦袋瓜一記。

「居然拿毛巾給女孩擦眼淚！」

母親說道，遞給舞衣一包面紙。

「想哭的時候就哭出來吧。因為一直忍著不哭的話，就無法打從心底笑出來了。」

母親狡黠一笑，舞衣也破涕為笑。

「謝謝。」

舞衣接過母親給她的面紙，抽出一張，拭去淚水，再抽一張擤鼻涕。母親以溫柔的眼神守護著舞衣說：

「舞衣，要不要再來一盤串燒？」

這麼說來，盤子已經空了。

「啊，好啊。我要吃。」

「沒問題！老爸，再來兩盤串燒！」

母親說完後，對天微微一笑。

「你當然也要吃吧？」

「對，要。」

「這孩子啊，只要有串燒和牛奶就能活下去了。」

「啊，他很喜歡牛奶呢，這個我知道。」

母親與舞衣相視而笑。天不服氣地嘟著嘴，把臉轉到一邊。

「咦……」

回過神來，陽菜已經不見了。

結果舞衣喝了三大杯啤酒，喝完時，淚痕也已經乾透了，與母親意氣投合地有說有笑。

「那麼我差不多該告辭了……」

「哎呀，已經這個時間啦。好像是我拖著妳說了一整晚的話，真不好意思啊。」

「不會，我很開心。」

其他客人都已經回家了，店裡只剩舞衣一名客人。

天並未加入母親與舞衣的對話，小口小口地喝牛奶、吃父親給的毛豆。

「天！送舞衣回家。」

「什麼？」

母親突如其來的命令害他差點被毛豆噎死。

「為什麼是我……」

「還有為什麼？因為是你邀舞衣來的呀。一定要平安無事地把我們的貴客送到家門口喔。」

天從不敢忤逆母親說的話，就算抱怨，也說不過母親。

「不用了，我沒事，而且我家就在附近。」

「但是在鐵路的另一邊吧？這個時間，車站前有很多醉漢。我們家兒子只有這時候派得上用場，妳就放心使喚他吧。」

天不動聲色地看了舞衣一眼，舞衣也不知所措地看著天。

「那、那我送妳回家吧。」

看到舞衣的表情，天也覺得放心不下，便站了起來。

「那、那就麻煩你了。」

舞衣也同樣站起來，低頭向天道謝。

「路上小心喔。」

母親笑著對他們說。

天和舞衣並肩走在通往車站的路上，四下張望了一番，到處都不見陽菜的身影，大概還在生氣。

「天同學。」

舞衣突然喊他的名字，害他心臟跳得好快。舞衣害羞地看著天，微微一笑。

「不好意思啊。」

「咦？」

「你明明是陽菜的朋友，我卻一直沒有發現。」

「沒、沒關係，因為姊姊不認識我是理所當然的。」

對，她就是這樣的人。不管什麼事都認為是自己的錯。

「天同學。」

「什麼事？」

夜風吹動了舞衣的髮絲。

「你經常和陽菜一起玩嗎？」

「啊，嗯……」

天的良心隱隱作痛，他不想在這個人面前說謊，但事到如今也不能再說實話了。

「陽菜和天同學在一起的時候是什麼樣子？」

「呃，我想想……很吵……很有活力吧？」

舞衣莞爾一笑。天看著舞衣的側臉說：

「還有……她總是記掛著姊姊。」

舞衣露出驚訝的表情，看著走在身旁的天。兩人短暫四目交會後，舞衣靜靜地撇開視線。

「你好像……現在也經常跟陽菜見面呢。」

天默默地往前走。

腦海中浮現出天真無邪、一碰上姊姊的事就什麼都不管不顧的陽菜。

五岔路的行人號誌燈在暗夜中發出紅光，老人依舊站在這邊的信號燈柱旁。

「陽菜她啊……」

耳邊傳來舞衣的聲音。

「是個好孩子。」

天無言瞥了身旁一眼，舞衣凝視著十字路口的另一邊。

「由我這個做姊姊的說很奇怪……她很活潑，跟誰都能變成好朋友，做事也很可靠……父母都很寵愛陽菜，遠勝於我。」

有一輛車經過，行人號誌燈變成綠燈，但舞衣還站在原地。

「可是她怎麼就這樣死了？為什麼死的是她不是我……」

舞衣的聲音鑽進天的耳膜，深深地，深深地，經由耳道，鑽進胸膛的最深處。

年輕人騎著腳踏車從對面衝過來，風馳電掣地從呆站著不動的兩人身邊疾駛而過，颳起一陣風。

眼前的紅綠燈開始閃爍，舞衣又開始擦眼淚。

「抱歉，我到底在說什麼呀，我……」

天默默地聽舞衣說。

「為什麼呢，為什麼在你面前，我會變得這麼愛哭呢？眼淚根本停不下來……」

這個人肯定很少在別人面前流淚吧，或許她認為自己連哭泣的資格都沒有。

天感覺口袋裡好像有什麼東西，拿出來一看，是面紙，肯定是母親剛才偷偷塞進去的。

天笨拙地把面紙遞給舞衣。

「這個……給妳。」

舞衣邊擦眼淚邊回頭，接過天給她的面紙，露出複雜的表情，看不出是在哭還是在笑。

「謝謝你。」

夜涼如水，萬籟俱寂，眼前又有一輛車駛過，斑馬線對面的號誌變成紅燈。

兩人單獨站在人行道上，默默地看著紅色的燈光。

天試著尋找陽菜的身影，卻遍尋不得。

「小天！」

第二天放學回家路上，天在便利商店前看到陽菜，陽菜正朝天猛招手。天東張西望，確定沒有其他人以後，小心翼翼地走到陽菜身邊。

「……我下課了。」

「你下課啦。」

陽菜抱著胳膊，以冷若冰霜的眼神抬頭看天。天鼓起勇氣向她道歉：

「昨天……那個……嫌妳囉嗦……對不起。」

陽菜直勾勾地盯著天看。天禁不住她的注視，正想撇開視線時，陽菜拍了拍天的肩膀。

「算了，本來想用詛咒殺死你，但我決定大人不計小人過。謝謝你和我姊姊處得那麼好。」

陽菜笑著露出潔白的牙齒。天想起昨天晚上的事，不免有點靦腆。

後來天送舞衣回家，舞衣位於公園對面的家靜悄悄地，一片漆黑。舞衣向天低頭致意了好幾次才走進屋裡。

「你還送她回家吧？」

「嗯，你們家……都不開燈嗎？」

「很晚了，爸媽可能都睡了。」

天偷偷地瞥了陽菜一眼，陽菜雖假裝若無其事，看起來有些寂寥。天問陽菜：

「妳一直住在那裡嗎？」

「咦？為什麼這麼問？」

「因為我們的設定是朋友吧。要是我對妳一無所知，不是會穿幫嗎？」

昨天有點難為情，所以天幾乎沒跟舞衣說到話，但舞衣可能還會再去店裡喝酒，再不然也會在便利商店碰到。

「說的也是，我們是朋友的設定呢。」

陽菜的表情恢復開朗。

「我一直住在那裡喔。家裡還有姊姊和我爸媽……我們還養了一隻名叫小白的小狗，可惜一年前死掉了。」

天想起棄置於庭院裡，已然頹圮的狗屋。

「我們一家人的感情很好喔。禮拜天經常一起出去買東西、吃大餐，暑假也會去旅行或露營，好快樂啊……」

陽菜一臉緬懷地仰望天空。

「可是自從我死了以後，整個家庭就支離破碎了。爸爸辭去工作，整天喝酒；媽媽一下子哭泣、一下子生氣，情緒很不穩定……兩人每天吵架。姊姊想盡辦法，希望能修復家裡的氣氛……」

天想起昨晚舞衣的淚水。

天用力握緊拳頭，鼓起勇氣問陽菜：

「妳是……怎麼死的？」

這個問題非常重要，但也非常殘酷，可是不問又不行。

陽菜的視線從天空下墜，凝視天的臉，微微一笑。

「我是出車禍死的，就在國中開學當天。」

這句話刺痛了天的胸口。

「開學當天？」

「嗯，那天風很大，被車子輾過的時候，櫻花漫天飛舞……啊，你瞧，這身制服還很新吧？」

陽菜在天面前轉了一圈，有點大件的百褶裙搖曳生姿。

可惜天的思緒完全被陽菜說的話占滿了。

國中。開學。新制服。車禍。櫻花瓣……

「但我不記得是在哪裡發生車禍和一些細節。」

陽菜說到這裡，停下來看著天。

「你怎麼了？小天。」

陽菜的聲音令天揚起臉。

「你的臉色好難看。」

「沒什麼……」

天好不容易擠出聲音，離陽菜遠一點。

「今天妳姊姊有排班吧？我去買牛奶。」

「嗯……」

天正要走向便利商店，陽菜抓住他的手。

「小天。」

天沒有回頭。

「你沒事吧？」

天深深地吸進一口氣，與答案一起吐出來。

「我沒事。」

陽菜冰冷的手輕輕地放開天的手臂。

「歡迎光臨……啊。」

一進去就與站在櫃台後面的舞衣對上眼。

「你好。」

舞衣毫無芥蒂地向他打招呼，令天有點害臊。

天微微頷首，耳邊傳來店長的聲音：

「喔哦，真是說曹操，曹操到，櫻木小姐正說你們家的串燒很好吃呢。下次我也一定要去光顧。」

舞衣告訴店長啦。倒也無妨，至少起了宣傳的效果。

「請務必光臨，跟我爸說一聲，他會算你便宜一點喔。」

「那更是非去不可了！」

店長豪爽地哈哈大笑。還有其他客人等著結帳，所以天不動聲色地離開櫃台，走向飲料區。

一公升的牛奶今天也排列得井然有序，天心不在焉地看著那些牛奶。

「那好！從今天起，我們每天都要喝一公升牛奶！」

天拿起藍色的盒裝牛奶，走向櫃台。舞衣站在收銀機前，看到天，露出柔和的微笑。

「妳姊姊很有精神喔。」

天買完牛奶，走出便利商店，陽菜還在等他。

「你真的這麼覺得嗎？」

天穿過停車場，走向商店街。陽菜跟在他旁邊。

「你真的覺得姊姊很有精神嗎？」

昨天，舞衣說了：

「為什麼死的是她不是我……」

她邊說邊流下了眼淚。

「因為姊姊跟你一樣。」

一旁的陽菜開口。

「明明有事卻總說沒事。強忍痛苦，表現得若無其事，想說的話都藏在心底，絕口不提。因為不想給別人添麻煩，以為只要自己忍忍就過去了，我有說錯嗎？」

天瞪了陽菜一眼，無奈陽菜說的基本上都沒錯。

「妳姊姊啊……」

天面向前方，自言自語似地說。

「希望死的不是妳，而是她自己。」

陽菜在喃喃自語的天身旁微微頷首。

「嗯，我姊姊就是……這麼傻。」

眾人口中的好妹妹。被留下的姊姊。支離破碎的家庭。

那個還活著的人，此時此刻在想什麼呢？

天在十字路口前停下腳步，今天也是紅燈，也依舊看到老人的身影。

「啊……」

有人蹲在紅燈下，雙手合十默禱。

「老媽……」

天念念有詞的同時，號誌變成綠燈了。

「啊，天，你回來啦！」

天穿越斑馬線後，母親發現他，站了起來。

「我回來了。」

「我今天去了花店，所以買了花來給拓實。」

號誌燈下的花束換上新的白花。

與牛奶一樣雪白的白花。

天默不作聲地低頭看那束花，倏地撇開視線往前走。

「天！等一下，媽媽跟你一起回去。」

母親捧著枯萎的花，追了上來。

「咦，你是不是又長高啦？」

「是妳的錯覺吧。」

「我問你喔，舞衣還會再來嗎？」

天以光火的表情面向母親說：

「我不是說那個人只是朋友的姊姊嗎？」

「我知道啊，你昨天已經說了一百遍了。」

天瞪了笑得沒心沒肺的母親一眼，別開臉。

就連身旁的陽菜也跟母親一起笑他，天更火大了。

「天。」

天走得很快，背後傳來母親的聲音。

「媽媽很慶幸喔。」

這句話迴盪在天的耳朵裡。

「很慶幸你生下來，健康地長大。所以你也不要客氣，要好好地活下去。」

客氣？對誰客氣？

天驀地停下腳步來思考。明知光是思考這個問題就覺得天要塌下來了，但是更痛恨如此輕易被打倒的自己，沒好氣地對母親說：

「少囉嗦。」

完全是遷怒。他越來越討厭沒用的自己。

天丟下母親，逃命似地跑走了。

「啊，等一下，小天！」

天聽見陽菜的聲音，但充耳不聞地衝進家門。

「小天，小天？」

天趴在桌上，陽菜在他的耳邊聲聲呼喚。

「你今天不喝牛奶嗎？」

吵死了，吵死了，滾到一邊去。

「哎，所以說小天還是小朋友呢，動不動就鬧彆扭。」

「嗄？妳憑什麼這樣說我！」

天氣沖沖地抬起頭來，與近在眼前的陽菜四目相交。陽菜笑盈盈地對天說：

「不過，天也需要這樣的人呢。」

「……什麼人？」

天怒火中燒地質問陽菜。

「願意保護你的人。」

「什麼？」

陽菜微微一笑。

「我希望小天能保護我姊姊，但是小天也需要願意保護你的人呢。」

「妳到底在說什麼，憑什麼替我決定。」

「告訴我，到底發生什麼事了？」

陽菜的身體輕飄飄地浮起來，坐在書桌上，旁邊是從便利商店買來的牛奶。

「誰是拓實？」

天坐在椅子上，抬頭看陽菜。

「是小天很重視的人嗎？」

陽菜大大的雙眼極為真誠地盯著自己看，天回答：

「拓實是我……很重要的朋友。」

那天是國中的開學典禮，典禮結束後，拓實穿著全新的制服來天的家裡玩。

「要不要去買牛奶？」

放學後去車站前的「富士屋商店」買牛奶已成兩人的例行公事，拓實卻突然說：

「哦，我們已經是國中生了，我打算戒掉放學後的牛奶。」

拓實翻著包上藍色書套的文庫本。拓實最近似乎迷上了閱讀。

明明直到前陣子還在公園比誰鞦韆盪得高，明明光是在賣零食的雜貨店抽到「再來一包」就樂得手舞足蹈，拓實卻因為升上國中就突然開始裝大人。

「啊，對了。天，今天是你生日吧？這個給你，是我們家賣的書套喔。」

拓實從背包裡拿出書套，扔給天。天連忙接住。

拓實家就在隔壁，是一間小小的書店，也賣一些時髦的文具，所以意外地受國中及高中女生的歡迎。

「剛才有個國中女生來買姊姊的生日禮物，我推薦這款書套給她，她很高興地說『我就要這個』。」

拓實笑逐顏開，顯然是在問天「如何？」，天覺得露出這種表情的拓實看起來比自己成熟多了，這也讓他非常不甘心。

「我出門的時候，她還在看漫畫……長得很可愛喔。」

什麼「長得很可愛」嘛。他不是說女生「又吵又麻煩」嗎？

「誰要這種破玩意兒啊，我又不看書，而且跟女生用一樣的東西，太丟臉了。」

天當著拓實的面，不屑地扔掉拓實送給他的書套。

「啊——你做什麼啦！我好心……」

「我去買牛奶，反正你已經放棄要長得比我高了。」

天一骨碌地起身，只見拓實也氣沖沖地站起來。

「你胡說什麼，明明是我比你高！」

「少來了，前陣子量身高，明明是我比較高。」

「我還會繼續長高！」

「至少現在是我贏了。我走了，拓實同學，再見。」

天把零錢放進口袋，粗魯地拉開紙門。

「喂，等等我啦！」

「你別跟來。」

拓實把帶來的文庫本收進背包裡說：

「我也要去！我們不是約好要每天喝一公升嗎！」

「不必了，不用勉強，你就留在這裡看書吧！」

「少囉嗦！我說要去就是要去！」

兩人爭先恐後地奪門而出。

天空藍得望不見一片雲，但風很大，櫻花瓣輕盈地漫天飛舞。

「後來就在那個五岔路發生車禍了。我們看到綠燈過馬路時，有輛掛著別縣車牌的車朝我們撞過來，好多人都被捲入，拓實當場死亡，我則昏迷不醒，聽說在鬼門關前徘徊了好些日子。」

天搖晃著椅子說。陽菜還坐在桌上，目不轉睛地低頭看著天的臉。

「好不容易醒來，一年後回學校上課，大家都變得好生疏。大概是不曉得該怎麼面對在那場車禍中失去好朋友的我，再加上我臉上還留下這樣的傷疤，正常人都會退避三舍吧。」

天用手指撫摸從額頭延續到臉頰的傷痕。

「我的表情之所以不聽使喚，也是因為那場車禍傷到神經，所以大家都說我總是板著一張臉，或是眼神很兇惡。」

所以天的國中生活過得一點也不開心。

「再加上起步得晚，課業也完全跟不上。好不容易考上的高中都是一些牛鬼蛇神，如果不同流合污，就會被盯上，所以裝也要裝出一副不良少年的樣子。更何況從此還看得見幽靈，我也很不容易好嗎？」

天乾笑兩聲，抬頭看陽菜。陽菜也看著天。

「我問妳喔……」

天低聲問陽菜。

「妳死的那天也是開學典禮當天對吧？該不會跟我們遇到同一場車禍吧？」

「咦……」

「那天除了拓實以外，還死了一個女生。」

「那個女生是我嗎？」

陽菜側著頭陷入沉思。天問陽菜：

「那時候，妳是不是叫我別過去？」

在無邊無際，伸手不見五指的黑暗中，天確實聽見女孩子的聲音。

你不可以過來！

「我不知道……」

陽菜回答。
「我好像說了，又好像沒說。車禍前後的事，我記不清楚。」
「這樣啊……」
當時如果沒有聽到那個聲音……自己說不定也會跟拓實一起走。
「抱歉。」
陽菜不解天為什麼要道歉。
「為什麼要跟我道歉？」
「因為……妳那天死掉了，而我卻還活著。」
陽菜聞言，氣勢洶洶地從桌上跳下來。
「你就是這點不好！」
「什麼？」
「那天，我和拓實死了，小天活了下來，姊姊也還活著，就只是這樣而已。小天和姊姊都不必顧慮我們。」
「可是……」
「沒有可是！給我振作一點！」
陽菜的怒吼有如當頭棒喝，陽菜睜大雙眼，直視著天。
「小天的媽媽不也說過？叫你不要跟任何人客氣，好好地活下去。小天不要再被那場意外，也不要再被拓實困住了。你可以為了自己，活出自己的人生喔。」

天沉默不語地看著陽菜。陽菜倏地撇開視線。

「真希望……姊姊也能明白這點。」

陽菜深深地嘆了一口氣，走向打開的窗口。

「陽菜？」

「小天，你願意保護姊姊吧？」

陽菜的身體輕飄飄地騰空而起，消失在窗外。

「等等……陽菜！妳要去哪裡？」

「我還會再來。」

天連忙從窗戶探出臉看，但陽菜已經不見蹤影了。

店的招牌亮著燈，串燒的香味香傳十里。

天從後門出去，穿過停著腳踏車的狹窄過道，與正掀開門口暖簾出來的父親對上眼。

「你要上哪兒去？」

父親難得問他。

「出去一下。」

「要記得回來喔。」

父親只交代了這句話，就走進店裡。

天想起自己在醫院醒來那天的事。

平常總是笑口常開的母親抱著天哭成淚人兒，頑固又沉默的父親也哭了。兩人都對天說：「感謝老天，回來就好。」

可是拓實並沒有回來。自從開學那天穿著全新的制服來找天玩，拓實就再也無法回自己家了。

天出院前不久，拓實的家人就搬到隔壁縣，這條商店街從此再也沒有書店。拓實的父母原本把天當成自己的兒子一樣疼愛，自從車禍以後就再也沒見過面了。

天每天放學回家一定會先去跟在店裡忙的父母打招呼，唯有「我回來了」是每天不可或缺的例行公事。

白花在黃昏的十字路口迎風搖曳，這裡總是供奉著許多花。天靜靜地靠近，蹲在地上。

「拓實……」

耳邊傳來車輛熙來攘往的噪音，不冷不熱的風夾帶汽車排出來的廢氣，撫過天的臉頰。

「你在那裡孤單嗎？」

聽不見拓實的回答，也看不見他的身影。拓實不在這裡。

因為拓實跟陽菜不一樣，肯定已經去到另一個世界了。

「我很……寂寞喔。」

天凝視白花，喃喃自語。

「你不在以後，我很寂寞。」

直到現在仍能歷歷在目地想起。

兩人一起奔跑、較勁、吵架、笑鬧的事。

還以為這種再自然不過的日常會永遠持續下去，還以為他們可以一起長大。

然而卻只有拓實不在了。拓實已經無法長大了。

天感覺有人站在旁邊，是那個老人的幽靈。

天慢條斯理地抬起頭來，目不轉睛地看著老人。兩人目光交會，老人的表情微微有些動搖。

「老爺爺。」

天站起來，對幽靈說：

「你試圖想起什麼呢？」
幽靈不言不語地看著天的臉。
「如果你有什麼困擾，可以告訴我。如果我幫得上忙，自當盡力而為。」
天丟下這句話，走向回家的方向。
呼嘯而過的風好冷，天拱起身體，呼出一口白煙。

放學回家，天今天也繞去便利商店，卻沒有看到陽菜。
提起拓實的事那天，陽菜只丟下一句「我還會再來」就不見人影。
難不成她已經去投胎了？不，不可能。
陽菜應該也有非想起來不可的事，除非想起來，否則無法投胎轉世。
「搞什麼嘛，突然出現，又突然消失……」
真是傷腦筋的幽靈。
天嘴裡念念有詞地抱怨，走進便利商店，聽見熟悉的聲音。
「真的很抱歉。」
舞衣在收銀台後面低頭賠不是的身影映入眼簾。

又來了……今天大概又搞砸了什麼事吧。

天輕聲嘆息，走向飲料區。

「到底是什麼意思！我每次來，每次串燒都剛好賣完。你們到底有沒有認真備貨啊？」

「有、有的。可是……」

「可是我沒有一次能順利買到喔。你們不是應該準備充足的分量，好讓客人隨時都能買到嗎？」

有位大嬸型的客人正在大肆抱怨，舞衣則連聲「對不起」地道歉。隔壁收銀台是偶爾來打工的兼職大叔，一臉事不關己地袖手旁觀。

天稍微觀察了一下，拿起盒裝牛奶，走向收銀台。

「真是一家要什麼沒什麼的便利商店！」

果然沒錯。這位客人是……

「阿姨。」

天從背後出聲。轉過身來的果然是在商店街開鐘錶行的老闆娘，戴著眼鏡，體型削瘦，性格不壞，但確實有點得理不饒人。

「哎呀，小天。好久不見了。」

大嬸稍微放鬆了原本緺緊的臉部線條。

「您想吃串燒啊？」
「咦？」
「那我待會兒給您送我家的串燒過去。」
「哎呀，不用了啦。這怎麼好意思。」
說是這麼說，但大嬸的表情可樂意了。
「別客氣，比起便利商店的串燒，我們家的絕對比較好吃喔。」
「這倒是，那就麻煩你了。」
大嬸在胸前額手稱慶地笑著說。天不動聲色地望向收銀台裡面，舞衣明顯鬆了一口氣的表情。
「還有……機會難得，可以再給我雞肉丸和雞肝各兩串嗎？」
「沒問題。」
「喏，錢給你。麻煩你了，小天。」
天在便利商店前接下大嬸的點單，與她告別。
回家還得請父親烤好雞肉串，再送到鐘錶行。天有點後悔自己攬下了這麼麻煩的差事。
輕聲嘆息的同時，有人喊著「天同學！」衝了過來。

「舞衣姊？」

換上便服的舞衣在天面前氣喘如牛地說：

「剛好五點了……所以我趕快下班。」

用剛才接受點單的手機確認時間，不知不覺已經五點多了。

蟹老今天也拜託他做事，天無法拒絕，只好幫忙，因此比平常更晚離開學校。

「那個，剛才謝謝你幫我解圍。」

舞衣深深地朝天鞠了一個九十度的躬。天連忙搖頭。

「沒事，但我這麼做等於是搶走了便利商店的客人……不只，也詆毀了便利商店的串燒。」

「才不會呢，當時有你在真是太好了。」

舞衣含羞帶怯地接著說。

「我真的很笨手笨腳，在上一家公司的時候，還沒幫上什麼忙，公司就破產了……」

「欸，破產？」

「對呀，後來只好邊打工邊找正職，可是像我這種一無是處的人，根本沒有人願意雇用我……」

「話不是這麼說的吧？」

舞衣確實有點笨手笨腳，成事不足、敗事有餘，總是忙不迭地道歉……等等，難道就沒有優點嗎？

天一時腦筋打結，舞衣噗哧一笑。

「就是這麼說，我真的很沒用。在家裡也是，為了逗無精打采的父母開心，我故意表現得很開朗，可是一點用也沒有……果然那個家需要的不是我，而是我妹妹……」

天定定地盯著舞衣瞧，舞衣愣了一下，摀住嘴巴。

「啊，討厭啦，我在你面前怎麼總是口無遮攔呢？抱歉，你不想聽這些喪氣話吧。」

舞衣強顏歡笑，重新背好肩上的皮包。

「那我先走了，改天見。」

「等、等一下！」

天留住正要離開的舞衣。

「妳接下來……還有別的事嗎？」

「沒有。」

「既然如此，要不要來我家？」

舞衣露出困惑的表情，天趕緊補上一句：

「我媽一直吵著想見妳，我爸也會烤美味的串燒給妳吃……」

舞衣笑容可掬地點頭。

「那我就恭敬不如從命了。」

感覺陽菜也在舞衣的身後微笑。

今天也和舞衣並肩走在夕陽西下的街道上，感覺好奇怪。

五岔路的老人幽靈今天也站在那裡，自從天主動向他搭訕，路過這裡已經好幾次了，幽靈從未找天說話。

那個老爺爺想不起來的珍貴回憶到底是什麼呢？陽菜想不起來的珍貴回憶又是什麼……

行人號誌轉為綠燈，天就要過馬路時，背後傳來聲音。

「……天同學。」

聲音細如蚊蚋。天回頭看，舞衣還站在原地不動。

「舞衣姊？」

舞衣沉默了半晌，大口深呼吸之後才說：

「不好意思……等我一下。」

舞衣語畢，蹲在地上，面向白花，雙手合十。天默不作聲地俯瞰她的動作。
「這個十字路口……發生過車禍吧。三個國中生被捲入。」
舞衣的聲音令天心頭一緊。
「你是陽菜的朋友，肯定也知道吧？陽菜死在這裡的事。」
陽菜她——果然是在這裡出的車禍。
舞衣的目光還停留在花上，接著說：
「可是我啊，直到上次去你家以前，一直不敢經過這裡。」
「咦……」
天忍不住出聲，舞衣接著說：
「一想到這裡是陽菜死的地方……就覺得，非常難受……」
天的胸口隱隱作痛。
「對不起……」
舞衣喃喃自語，目不轉睛地看著白花。
這個人要到什麼時候才能擺脫罪惡感呢？
大概一輩子都擺脫不了吧。從今以後，終其一生。
「小天不要再被那場意外，也不要再被拓實困住了。」
那是不可能的。不管是自己，還是這個人，都無法這樣與過去一刀兩斷。

「對不起。」

舞衣站起來，再次對茫然佇立的天道歉。

「走吧，去你家。我餓了。」

舞衣露出惡作劇的微笑，天無言地點頭。

「這不是舞衣嗎？歡迎光臨！」

天帶舞衣走進店裡，母親大喜過望地迎上前來。

「啊，可是很抱歉，如妳所見，今天被預約的客人包場了。」

定睛一看，店內坐滿中年大叔，好像是商店街的工會成員在這裡聚餐。

「怎麼回事！天，你居然帶了這麼可愛的小姑娘回來，真是人小鬼大！」

「你什麼時候開始談戀愛了？」

「明明前不久還是個乳臭未乾的小鬼，成天在商店街跑來跑去。」

大叔們哄堂大笑，看樣子他們已經喝多了。天嘟著嘴，對從小就認識的大叔們說：

「她是我朋友的姊姊啦。」

「大家好。」

舞衣在天身邊乖巧地打招呼。

「啊，妳是車站前的便利商店工讀生。」
「咦，真的耶。小姑娘，過來跟叔叔們一起喝吧。」
「快來快來，跟那個小鬼頭在一起很無聊吧？」
舞衣苦笑，一旁的天嘟囔：
「吵死了……你們這群酒鬼。」
「天！怎麼可以這樣對客人說話！」
母親用托盤打他的頭。
「好痛！」
天摸摸頭，舞衣見狀，噗哧一笑。
「小天，你今年多大了？」
喧鬧的笑聲中傳來沙啞的聲音。天望向坐在四人桌的老人，其中年紀最大的當屬日式糕餅店的老爺爺。
「十七。」
天小聲回答。老爺爺看著他，瞇細雙眼。
「十七歲啦，在那之後已經過了四年啦……」
母親偷偷觀察天的反應。
「你這麼健康真是太好了，真是太好了。」

老爺爺說道，拿起酒杯，一飲而盡。天只是一言不發地看著他。

「啊，舞衣！」

似是要轉移話題，母親以明快的語氣說道。

「可以請妳先去二樓等嗎？我馬上做點什麼送上去。」

「欸，不用麻煩了。」

「一點也不麻煩，只是要請妳在臭小子的房間裡委屈一下了。我馬上就準備透心涼的啤酒和美味的下酒菜。」

母親說完，又用托盤敲了天的腦袋一下。

「天，還不快點帶舞衣去你房間！」

「很痛耶。」

看到天摸著頭喊痛，舞衣細聲問道：

「真的可以嗎？」

事到如今也由不得他拒絕了。

「可以啊，我無所謂。」

只見笑意在舞衣臉上綻放。

前腳剛踏進房間，天後腳就趕緊打開暖氣，用最快的速度收拾榻榻米上亂七八糟的雜物。早知如此就好好地打掃房間了。

「請進，房間有點亂。」

「打擾了。」

舞衣緩緩地走進天的房間。天感覺非常緊張。

這麼說來，以前陽菜來的時候，天並沒有這麼緊張，但那傢伙是幽靈，所以不算。

「啊，請坐。」

「謝謝。」

舞衣坐在天準備的座墊上。

天打開摺疊式小几，放在舞衣跟前。那是天小時候用的桌子，所以上頭畫了小熊和兔子的塗鴉。拓實來玩的時候，天每次都拿出這張桌子，和拓實吃點心或喝果汁。

「呵，好可愛。」

「我只有這張桌子。」

「啊，好像畫了些什麼，是你畫的嗎？」

「不要看。」

天也在舞衣面前坐下。桌子很小，拉近了兩人之間的距離。

樓下傳來震耳欲聾的笑聲，大叔們似乎正在興頭上。

得說點什麼才行……天坐在舞衣對面，搜索枯腸，結果是舞衣先打破沉默：

「總覺得……好期待呀。」

「期待什麼？」

舞衣意料之外的發言令天發出古怪的叫聲。

「可以在你房間吃你父親做的菜……好開心。」

「原來是這個意思啊？」

「嗯，好期待呀。」

這個人真奇怪。這麼說來，這個人也有些脫線的地方。

「久等了！」

母親用托盤送上啤酒和下酒菜。

「這是舞衣的啤酒，還有毛豆和涼拌豆腐。這是我做的馬鈴薯燉肉。」

「哇，看起來好好吃。」

「等串燒烤好再給你們送上來。」

母親動作麻利地把食物擺上桌後，在天面前放下一只空的玻璃杯。

「你買了牛奶對吧？用這個喝。」

「欸？我也要喝啤酒。」

「你還未成年吧！別說傻話，好好陪舞衣聊天吧。」

母親又用托盤輕輕地敲了天的頭一下，行色匆匆地下樓去了。

「總覺得……真過意不去，在你們這麼忙的時候來打擾。」

啊，她又覺得是自己的錯了。

「一點也不會！我媽越忙越開心，所以還是忙一點好。」

天邊說邊把牛奶倒進杯子裡。舞衣噗哧一笑，舉起酒杯。

「你真的很喜歡牛奶呢。」

天悄然看了舞衣一眼，拿起裝了牛奶的玻璃杯，輕輕地與啤酒杯相碰，玻璃與玻璃的碰撞發出透明的聲響。

「不好意思啊，只有我一個人喝酒。」

天搖搖頭，一口氣喝光牛奶，放下玻璃杯，喃喃自語：

「我跟朋友約好了，每天都要喝牛奶。」

「咦？」

舞衣將酒杯從唇邊移開，不解地微側螓首。天邊倒牛奶邊說：

「因為我以前很矮，想高過一個跟我一樣矮的傢伙，所以從小學就一直喝牛奶。」

「了不起，所以才長得這麼高大啊？」

不知道是不是牛奶的功效，天確實從國二開始迅速長高，高到都快覺得自己不是自己了。

「所以你贏過對方了嗎？」

「欸？」

「我是指身高。誰贏了？」

舞衣天真無邪地問道，天迴避她的視線。純白的牛奶在杯子裡微波蕩漾。

「那傢伙……去世了。」

「什麼……」

「所以永遠也不知道誰比較高了。」

天感覺得出來舞衣吸了一口氣。

「就在剛才的五岔路，我朋友也被捲入那場意外。」

「難不成……」

舞衣的聲音傳進耳朵裡。

「和我妹一起出車禍，受重傷的男孩子……」

「就是我。」

天抬頭，用手指撫摸傷痕。舞衣茫然注視天的臉。

樓下繼續傳來震耳欲聾的笑聲，其中夾雜著規律地由遠至近的上樓腳步聲。

「久等了，串燒烤好了！」

「啊，糟了！」

天從榻榻米上一躍而起。

「我忘了鐘錶行的阿姨託我買串燒！」

「鐘錶行的阿姨？你在說什麼？」

「先別問了，快去準備！雞腿和蔥肉串、雞肝、雞肉丸各兩串！烤好後我得趕緊送去給她！」

「啊，既然如此……」

舞衣建議：

「我也一起走吧，當然是把這些全部吃完以後。」

天回頭看，只見舞衣正豪爽地大口喝下啤酒。

「搞得兵荒馬亂真不好意思啊，要再來喔。」

「好的，謝謝您的招待。」

兩人在母親的目送下，提著串燒並肩同行。鐘錶行在五岔路的正前方，可以看到店頭亮著燈。

那個幽靈還站在號誌燈旁。

「天同學……抱歉吶。」

「怎麼說？」

天低頭看舞衣，心想這個人怎麼永遠都在道歉啊。

「害你想起不愉快的回憶了。」

舞衣直勾勾地看著紅色的號誌燈。

「我倒是無所謂……」

天說道，不期然地想起陽菜，想起陽菜說自己「明明有事，卻老說自己沒事」。

「我從來沒有忘記，所以也沒有突然想起這回事。」

尤其是每次經過這裡的時候。

喝牛奶的時候。

腦海中都會浮現最後一次看到，那傢伙成熟的臉。

舞衣有些錯愕地看著天的臉。

「舞衣姊……也一樣吧？」

舞衣不聲不響地凝視天半晌後，靜靜地點頭。

「嗯，我從未忘記過陽菜，一次也沒有。」

行人號誌燈變成綠色，兩人跨出一步。

天把串燒交給鐘錶行的阿姨，她非常高興。舞衣也一再地向她低頭賠不是。

「以後我會注意隨時補貨的問題。」

「算了，這件事就讓它過去吧，有時候可能只是剛好賣完。話說回來，你們是什麼關係？」

解釋起來很麻煩，所以天只丟下一句「那我們告辭了」就拉著舞衣離開鐘錶行。

兩人走到車站，穿越平交道，再穿過公園。

舞衣家今晚也沒開燈，那個家裡面可有人對她說「歡迎回來」？

「謝謝你送我回來，那就在便利商店再見吧。」

「嗯，改天見。」

舞衣淡淡揮手，獨自回到黑暗的家裡。

「小天！」

天那天放學回家，看到陽菜出現在便利商店前，他已經好幾天沒見到陽菜了。

天確定四周沒有其他人後，快步走向陽菜。

「妳不要突然消失啦，我還以為妳跑去投胎了。」

原本想破口大罵，但還是忍住不發脾氣，天語重心長地說。

「欸，小天，幾日不見，你該不會很寂寞吧？我明明說了『我還會再來』，沒想到我變成幽靈還這麼搶手，真傷腦筋。」

天瞪了笑得沒心沒肺的陽菜一眼。

「誰會看上幽靈啊。」

陽菜的笑容頓時蒙上陰影，她的表情看起來好落寞，天連忙改口：

「我是說，呃……我並不是因為妳是幽靈……」

陽菜破涕為笑，用手肘頂了頂天。

「我知道啦！你放心吧，我又看不上你。」

碰到天的手肘很冰涼。天偷偷看了陽菜一眼，陽菜也正看著天，天若無其事地撇開視線。

「總、總而言之……妳不要說不見就不見啦，我會擔心。」

「你說誰會擔心我？」

「誰……除了我以外還有誰！」

「耶——小天果然是我的天使！」

陽菜「耶——耶——」地吵個不停，天嘆了一口氣。

真麻煩……

陽菜微笑說道：

「我希望小天和姊姊感情升溫嘛，所以不打擾你們兩人世界。」

陽菜觀察天的反應。

「能有什麼搞頭，老實告訴妳，我對妳姊姊沒有非分之想。」

「是不是很有搞頭？」

「哈哈哈，生氣啦，好可愛！」

陽菜捏了捏天的鼻頭。天撥開她的手。

「妳只是個國中生，別這麼囂張！」

「我才不是國中生，我跟你一樣，已經十七歲了。」

也對，如果她還活著，但前提是要她還活著。

天噤口不言，陽菜笑了。

「我希望小天和姊姊交往。」

「別隨便替我決定。」

「我姊姊猛一看雖然很不起眼，但仔細端詳，長了一張娃娃臉，很可愛吧？直到現在還會被誤以為是高中生，所以走在小天身邊也不會不自然喔。」

「不是這個問題。」

「但她完全沒有發現自己的迷人之處，我希望小天能保護她，以免又被那種輕浮的男人纏上。」

天撇開臉。

「這種事要由妳姊姊決定吧。」

陽菜嘴巴開開地看著天。

「要跟誰交往，必須由妳姊姊決定，而不是妳。」

沉默半晌後，陽菜說：

「小天……沒想到你也會說人話啊。」

「什麼？」

「小天果然是我的天使！」

「嗚哇，別靠過來！」

天拚命推開陽菜投懷送抱的身體。陽菜的身體好冷，一次又一次地讓天體認到她不是人類的現實。

「咦，這不是天嗎？」

這個聲音令天悚然一驚，回頭看。

「果然是天，你一個人在這裡做什麼？」

只見三個推著腳踏車的高中生站在背後，藏青色的西裝外套和暗紅色的領帶是市內某大學附設高中的制服。

站在前面對天說話的是以前就讀同一所小學的矢口隼人。

完蛋了。他們是從什麼時候開始站在那裡？該不會看到天自言自語的樣子吧？

「好久不見了，你看起來很有精神嘛。」

「嗯，還好……」

隼人停下腳踏車，走向他，另外兩個人也一起跟上來。

「你還記得他們嗎？同一所國中的。」

天舉起手來示意，看著那兩個人。小學雖然讀不一樣，但的確是同一所國中的學生，儘管不是很有印象就是了。

「我記得喔，你是富樫吧？你很有名嘛。」

哪裡有名了？因為他開學當天就被車撞，一起被撞的朋友死了，休學了一年，重回校園的時候臉上多了一道疤嗎？

天把這些話全部吞回去，盡可能用開朗的語氣說：

「哦，我這麼有名嗎？」

「嗯，很有名喔。對吧，隼人？」

隼人只是稍微鬆開了嘴角，轉移話題。

「天，你搭電車上學嗎？」

「嗯。」

「那為什麼這段時間都沒看到你？我們明明住得這麼近。」

隼人就住在天的家再往前一點，坡道下方的大樓裡，他們小學經常一起玩。

「因為我沒有參加社團活動吧。」

隼人他們背著足球社印有校名的背包，他們肯定都很晚放學，時間跟放學就馬上回家的天對不上。

「啊，有道理。我們今天沒有社團活動。」

「所以閒著沒事幹，來看便利商店的大姊姊。」

這句話讓天抬起頭來。

「便利商店的大姊姊？」

「對呀，聽說這裡有個很可愛的店員。」

「足球社的學長都在傳。」

不會是舞衣吧？可是除了她以外，這家便利商店沒有別的年輕女人了。

「天，你認識她？」

「呃，不……不認識。」

天下意識脫口而出，偷偷望向四周，陽菜的身影已經不見了。

大概是不想偷聽他們談話才避開吧，還是又跑去別的地方了？

「那我們一起去瞧瞧吧。」

一個男生抓住天的手。

「欸，我也要去嗎？」

「反正你也閒閒沒事做吧。」

「而且看又不用花錢。」

天被推了一把，不知不覺，人已進到便利商店裡。

舞衣今天也負責收銀，視線交會一秒，天馬上撇開視線。

「是那個負責收銀的人吧？比我想像的還要普通啊。」

「可是仔細看還滿可愛，尤其是笑起來的時候。」

男生們聚集在雜誌區，探頭探腦地打量站在櫃台裡的店員。

看來隼人他們學長說的「可愛店員」果然是指舞衣沒錯。

「學長退出社團以後，聽說天天都來看她。看到對方記住自己的長相，可以聊上幾句了。」

「欸，好猛啊。」

「學長還說，下次真的要告白了。」

「學長長得那麼帥，一定沒問題。」

天翻閱手中的雜誌，聽隼人他們竊竊私語，然後又聽見舞衣對結完帳的人說「謝謝光臨」的聲音。

「好好啊，真羨慕長得帥的人。」

「就是說呀，重點還是臉，是長相！」

天把雜誌放回原位，對隼人他們說：

「我要回去了。」

「欸，要走啦？」

「改天見。」

天簡短地與三人道別。臉上的傷口應該已經不會疼了，卻還是隱隱作痛。

自動門開啟前，天回頭看了一眼，只見舞衣默默地看著這邊。

天走出便利商店，依舊不見陽菜的身影。

她上哪兒去了？不過她不在也好。

天吐出一口氣，開始往商店街走去，背後傳來踩腳踏車的聲音。

「喂，天，我也要回家！」

回頭一看，隼人騎著腳踏車過來，朝天微笑。

「好久沒跟天一起回家了。」

天與推著腳踏車的隼人並肩同行，商店街的人行道擠滿了出來買東西的客人。

「對呀。」

天淡淡回答，耳邊傳來隼人的聲音：

「他們沒有惡意，所以你也別放在心上。」

一時感覺心臟被揪緊了，天仍假裝若無其事地回答。

「你是指我臉上的傷嗎？我不在意。」

隼人有氣無力地微笑，下定決心似地開口：

「還有……國中的時候，我都不理你，對不起。」

這麼說來，的確有這回事，但他沒必要道歉。

因為他並沒有欺負自己，而且也不只隼人，其他學生當時都對天敬而遠之。

朋友去世對國中生而言是很震撼的意外，在所有人心裡都烙下了傷痕，所以為了保護自己，想把所有與車禍有關的人事物都從自己的生活中摘去也是人之常情吧。

如今天已經能這麼想了，所以——

「那種事，我早就已經忘了。」

隼人又淺淺一笑，迴避天的視線。兩人並肩同行，前方的紅燈映入眼簾。

「天，我啊……」

隼人在十字路口停下腳步說：

「前陣子去給拓實掃墓了。」

「什麼……」

天忍不住正眼瞧隼人，沒想到會從隼人口中聽到這句話。

隼人直視前方，斷斷續續地說：

「拓實的家人不是搬走了嗎？墓也遷到別處去了，所以我約上最近都沒見面的雅樹和洸介一起去。」

「這樣……啊。」

天只能發出嘶啞的聲音，口乾舌燥。

隼人、雅樹、洸介還有拓實，和天是小學時幾乎每天玩在一起的朋友，即使不同班，午休也一定會在操場上集合玩躲避球。

「後來我們也去見了拓實的爸媽，叔叔阿姨都很高興。」

天想嚥口水，卻連這麼簡單的事都做不好。
「阿姨說……她也想見見小天。」
「……這樣啊。」
隼人看著天的臉說。
「天……」
綠燈了，一旁貌似小學生的孩子們高聲談笑地開始過馬路，天和隼人仍止步不前。
「我知道喔，你一直覺得那天拓實會出車禍都是自己害的，也覺得只有自己得救對不起他。」
天低下頭，看著自己的腳尖。
天在醫院醒來，得知拓實的死訊後，不斷責備自己，令身邊的人傷透腦筋。唯有這樣活在過去，才能逃避眼前的現實。
這是天當時唯一能保護自己的方法。
「可是拓實的爸爸媽媽並沒有這樣想喔，拓實當然也沒有。」
孩子們笑鬧的聲音漸行漸遠，取而代之的是隼人的聲音在耳邊響起。
「所以啊，天也去看看拓實嘛，去見見叔叔阿姨他們……」
「不要。」

隼人一口氣噎住，看著天。

「不要，我不去。」

「天……」

「抱歉，我先回去了。」

天奔向又開始閃爍的紅綠燈，眼前是老人的幽靈，老人正看著這裡，以憐憫的表情看著天。

「不關你的事。別看我。」

天咬牙切齒地說，穿過馬路。隼人並沒有騎腳踏車追上來。

天隨即看見熟悉的居酒屋招牌，衝了進去。

糟透了。好想消失。

「小天，你真是太糟糕了！」

天從書桌上抬頭，陽菜正居高臨下地看著他。天把手肘撐在桌上，抓亂了頭髮。

「居然對少數幾個如此為你著想的朋友說那種話。」

「要妳管。」

陽菜坐在桌上，天別開臉。

這傢伙是什麼時候闖進別人的房間……等等，她聽到自己和隼人的對話了。

「你打算消沉到什麼時候呢？」

「閉嘴。」

「少囉嗦、要妳管、閉嘴、不要、啊……真受不了，我的天使就只會說這種話。」

天長嘆一聲說：

「那妳就別對我有所期待啊，如果妳希望妳姊姊得到幸福，還是去找別人吧。」

陽菜沒有回答。天搔著頭，從桌上抬頭看，陽菜目不轉睛地凝視天的臉。

「怎樣，妳有意見嗎？」

「嗯，有啊。」

陽菜定定地看著天說。

「別人不行，一定要小天出馬。」

「為何？」

「只有天能保護姊姊。」

「怎麼說？」

陽菜沉默不語，天瞪著她說：

「為什麼非我不可？」

連自己的情緒都控制不好，像他這種沒用的傢伙，怎麼可能保護得了別人。

「我也不知道……不過……大概是因為……」

陽菜從窗戶探出臉往下看。

「因為姊姊需要小天。」

「什麼意思？」

天順著陽菜的視線看過去。

暮色低垂的天空，僅能仰賴居酒屋燈光的人行道，以及站在那裡的人影。

「舞衣姊……」

彷彿聽見他喃喃自語的聲音，舞衣抬起頭來，靜靜地微笑。

「我來了。」

看到狂奔下樓、衝出店外的天，舞衣羞怯地笑著說。

從二樓窗口俯瞰舞衣的陽菜不曉得又消失到哪裡去了。

「下班後……沒地方可去……」

舞衣對茫然佇立的天說。

「你今天來過店裡吧？跟朋友一起。」

「啊，嗯……」

這是他第一次跟別人去那家便利商店。

「所以我猜或許不要跟你說話比較好……」

舞衣遞出手裡的袋子。

「牛奶，你還沒買吧？」

「啊！」

天想起來了，因為感到無地自容，天逃走了。

「所以不嫌棄的話，這給你。」

從舞衣手中接過便利商店的塑膠袋，袋子裡是他最常買的牛奶。

「啊，是我自作主張要買的，所以不用給我錢喔。你說你每天都要喝牛奶，如果今天沒得喝的話，我擔心你會不會很困擾……」

天目不轉睛地看著袋子裡的東西，對舞衣說：

「謝謝妳。」

舞衣如釋重負地微微一笑。天默不作聲地凝視她的臉。

「因為姊姊需要小天。」

陽菜說過這句話，雖然天認為才沒有這回事。

「天同學。」

舞衣的呼喚令他猛然回神。
「你怎麼了？」
「什麼？」
「你今天看起來沒什麼精神。」
她看穿自己像個孩子似地鬧彆扭嗎？
「如果不嫌棄的話，可以告訴我，因為你幫過我好幾次。啊，雖然我這種人可能派不上什麼用場……」
「舞衣姊也是。」
天打斷舞衣的話頭。
「有什麼事情也可以跟我說，或許我能出一份力。」
「天同學……」
舞衣怔忡地盯著天看了好一會兒，展顏而笑。
「謝謝。」
這種天真無邪的表情，姊妹一模一樣。
「還有，要小心男人喔！」
「男人？」
「我猜近期內可能有個高中足球社健將會來跟妳告白，妳要想清楚，不喜歡對方的話就要徹底地拒絕喔。不用擔心拒絕對方會不好意思，不喜歡的話真的要……」

眼前的舞衣笑逐顏開。

「怎麼啦？天同學，你好嚴肅……」

「不、不要笑！妳只是沒注意到而已。」

「沒注意到什麼？」

舞衣頭上冒出一堆問號。天直勾勾地凝視她的臉，喃喃自語：

「妳其實……非常受歡迎。」

「什麼？」

舞衣發出錯愕的叫聲，一笑置之。

「我才不受歡迎呢！你好奇怪。」

看著笑得前俯後仰的舞衣，天仰天長嘆。

這個人果然什麼都不懂，國中時代和高中時代肯定都是這麼度過的吧。

「算了，要進來坐坐嗎？」

天指著亮燈的居酒屋。舞衣收起笑容，搖搖頭。

「不了，我改天再來。」

「那我送妳回家，等我一下。」

天衝進店裡，把舞衣給他的牛奶塞進冰箱。

「天？誰來了？」

「舞衣姊。我送她回去。」

「哎呀，叫她進來坐嘛。」

天沒搭理母親的糾纏，走出店外。

「路上小心喔！」

車禍發生後聽過無數次的叮嚀迴盪在身後。

天與舞衣走在通往車站的路上。風還頗有寒意，行走在商店街上的人們也怕冷地拱著背，行色匆匆。

「今天和我一起去便利商店的人啊……」

天直視前方，語氣輕輕地娓娓道來。

「是我國中的朋友。」

「這樣啊。」

舞衣看著天的側臉。

「其中一個從小學就跟我一起玩，經常在這一帶跑來跑去。」

天回想起當時無分大小都是熟面孔，在店門口打打鬧鬧，被大人們臭罵一頓的事。

「那傢伙說他前陣子去給上次我提到死於車禍的拓實掃墓。」

隼人剛才的話縈繞在天的耳邊：

「天也去看看拓實嘛。」

天緊緊地握住凍僵的手。

「可是我連一次都還沒去過……不對，是不敢去……」

一直積壓在心底的想法與雪白的氣息一起吐出。

「我是不是很沒用？我們明明是死黨。」

公車駛過快車道，腳踏車在人群間穿街過巷。

舞衣什麼也沒說，只是靜靜地聽天說。

「我怎麼也去不了。那天，如果我沒有約拓實去買牛奶，他就不會死。要是死的是我就好了，我對不起拓實的父母……其實這些都不是重點……重點是……」

伸手不見五指的黑暗。消失的拓實。

「我只是……害怕接受拓實已經不在的事實。」

站在魚店前聊天的太太笑成一片，天不想讓她們發現自己，悄悄地別開臉。

幸好你活下來了。幸好你健健康康的。父母和商店街的人都這麼說，但拓實已經回不來了。

拓實他——現在人在哪裡？

輕柔的觸感拂上天的手，天大吃一驚，望向走在身旁的舞衣。舞衣直視前方，緊緊地握住天的手。

舞衣打工的便利商店映入眼簾，幾個人從車站裡走出來，平交道的警示音在遠處響起，冷風吹過兩人之間。

舞衣沒有責怪天，也沒有安慰他，只是握著他的手說：

「這件事，你從來沒有告訴任何人吧？」

天默默點頭。

「這樣啊……」

警報器在眼前閃著紅光。

「謝謝你告訴我。」

天在舞衣身旁深深嘆息。雖然只有一點點，但心情確實輕鬆了一點點。

電車經過，柵欄升起，靜止的人與車又開始流動，天和舞衣也牽著手往前走。

「那個……」

穿越平交道後，天喃喃自語：

「啊！」

舞衣倏地放開握緊他的手，停下腳步。

「對不起！你不喜歡這樣吧！」

明明是舞衣主動握住天的手，她卻驚慌失措。這個人真的比自己大四歲嗎？

「舞衣姊。」

「抱歉，真的很抱歉。」

舞衣面紅耳赤，天覺得好荒謬，忍不住大笑。

「妳真的什麼都不懂耶……」

這次換天握住舞衣的手。

「天同學？」

「我怎麼會不喜歡呢？」

天偷看舞衣的反應，舞衣的臉更紅了。天轉過臉，牽著舞衣的手往前走。

「好溫暖啊……」

她的手跟陽菜的手不一樣，非常溫暖。

「嗯，好溫暖啊。」

舞衣低聲說道，小力地回握天的手。

穿過車站前的馬路，走進公園，這個時間已經沒有小孩在這裡玩了，倒是有不少放學及下班回家的人為了抄捷徑，從這裡經過。

看到池塘邊的長椅，想起趕走輕浮男那天的事。在那之後才過了十天，居然能跟舞衣手牽手經過這裡……

「我希望小天和姊姊交往。」

天想起陽菜說過的話，連忙搖頭。

不是那個意思，他沒打算跟這個人變成男女朋友，只是自然而然就變成這樣了……

「你說什麼?臭老頭!」

耳邊突然傳來大吼的聲音。舞衣的肩膀抖了一下，天也下意識地停下腳步。

公園的出口處有兩個男人正在起爭執。

「找死嗎你!」

年輕人怒吼，推開中年男子，旁邊有幾個路人停下腳步，不知發生何事，也有人拔腿就跑。

「打架?」

天自言自語，舞衣放開他的手。

「爸……」

「什麼？」

中年男子被推開，倒在地上，年輕人抓住他的衣服。舞衣顫抖著嘴唇，凝視他的身影。

「住手……住手……」

舞衣突然衝出去，插進兩個互相推搡的男人之間。

「舞衣姊？」

「住手！別打了！」

年輕人放開中年男子，瞪著舞衣。舞衣擋在倒在地上的男人跟前。

「求求你，別再打了。他是我爸爸。」

「是他先找我麻煩的……」

「對不起，請你原諒他。」

舞衣跟平常一樣不停地向年輕人低頭賠罪。

「呿！下次再讓我碰到，我一定殺了你。」

男人撂下狠話，放開父女二人，然後瞪了呆站在旁邊的天一眼，走向車站。

「爸……」

舞衣伸手想扶起倒在地上的男人，但男人只是搖搖晃晃地站起來，一把推開舞衣的身體。

「不用妳多事！」

男人對被他撞得踉蹌的舞衣視而不見，逕自走開。天不假思索地衝向舞衣。

「舞衣姊……」

「別過來！」

第一次聽到舞衣如此強硬的語氣，天怵然一驚，停下腳步。

「算我求你，別過來。」

舞衣迴避天的視線，奔向男人，亦步亦趨地守在男人身邊，離開公園。

「怎麼回事……」

凝望著兩人的背影，天一時半刻邁不開腳步。

放學回家，走出車站時，烏雲密布的天空降下了白色的雪花。

「下雪了？」

二月尾聲，還指望到了三月就會變暖……看樣子冬天還沒有要走遠的意思。

天拱著背，走向便利商店。

「嗨！」

陽菜在便利商店前輕輕朝他舉手示意。
「嗨……」
天板著臉對陽菜說。
「好久不見了。」
「對呀。」
「一下子出現、一下子不見，真是個忙碌的傢伙啊。」
陽菜對天的冷嘲熱諷報以微笑。
「嗯，最近不管我願不願意都會消失呢。」
「消失？」
天抬頭看陽菜。陽菜臉上依舊掛著笑容，微微頷首。
「感覺眼前突然一陣黑，然後就失去意識了，回過神來又回到這裡，但沒有這幾天的記憶。明明已經死了，是不是很詭異？」
這是什麼情況？
「大概是因為我已經不能再待在這個世界，也無法去到另一個世界吧，失去意識的日子越來越多，再這樣下去，遲早會從你面前消失吧……」
天情不自禁地握住陽菜的手。
「不行！妳不可以消失！」

陽菜愣了一下，看著天。

「一定是因為妳不趕快去投胎轉世，一直待在這裡才會變成這樣……再這樣下去，妳真的會消失喔。」

「嗯，但消失也沒關係。」

陽菜瞇著眼睛說。

「怎麼可能沒關係！」

「小天，你好奇怪呀。幹嘛這麼生氣？」

陽菜嘻皮笑臉地說。

「你也不想跟我這種幽靈扯上關係吧？」

這句話刺進天的胸口。陽菜不著痕跡地走開，冰冷的觸感從天的掌心消失。

「只要小天能保護好姊姊，我怎樣都無所謂喔。」

陽菜在飄著細雪的便利商店停車場轉了一圈，制服裙迎風飄逸。

「除非看到你們修成正果，否則我死也不會離開這裡。」

天目瞪口呆地凝視她的身影，訥訥開口：

「我來幫妳找吧。」

陽菜停止轉圈，一臉困惑地看著天。

「什麼是對妳很重要，妳卻想不起來的事？只要想起來，妳應該就能去極樂世界了。」

「我不是說我的事不重要嗎？小天只要想著姊姊就好了……」

「我在想啊！」

天忍不住吶喊。剛從便利商店裡走出來的上班族瞄了天一眼，假裝沒看見地快步離去。

「我很認真地思考妳姊姊的事喔。思考的同時，也想為妳做點什麼。」

「小天……」

「妳也應該開始思考自己的事，別再擔心妳姊姊的事了。」

「自己的事？」

「沒錯，告訴我，妳有什麼事情想不起來，讓我幫妳想辦法。」

陽菜在天面前低下頭，微微一笑。

「你明明討厭幽靈……小天真奇怪。」

空中飄落潔白的雪花，有如那日漫天飛舞的櫻花瓣。

「我不是說我不記得車禍前後發生的事嗎？」

天坐在便利商店的屋簷下最旁邊的角落，聽陽菜娓娓道來。

「嗯，妳說過。」

「我猜，那天我可能要給誰什麼重要的東西，肯定用這隻手拿著那個重要的東西。」

「重要的東西？」

陽菜點頭，從口袋拿出手機。

「這個還在口袋裡，但重要的東西大概因為車禍的衝擊掉出去了。」

什麼是陽菜帶在身上，重要的東西？

「我猜只要想起那是什麼東西，我就能去另一個世界了。」

「那就來找出那個東西吧。問妳姊姊的話，或許會有什麼線索。」

「不行！不可以問姊姊！」

陽菜拚命阻止。

「姊姊直到現在仍因為忘不了我而暗自飲泣，但是不能再這樣下去了，希望姊姊不要再被我困住了。」

天嚥了一口口水。

「所以我不希望姊姊想起那天的事。」

「可是……」

「而且或許我也不想離開姊姊，我想待在這裡直到消失，就算不能轉世投胎也沒關係。」

陽菜看著天，嫣然一笑。

「而且這裡還有小天。」

天目不轉睛地凝視她的笑臉後說：

「不行，我一定要送妳去另一個世界，絕不會讓妳消失。」

陽菜沉默了好一會兒，微笑低語：

「小天果然很奇怪。」

是誰害他變得奇怪啊。

天把陽菜留在便利商店外面，自動門開了，他不動聲色地望向櫃台，只見舞衣正小心翼翼地服務客人。

天輕聲嘆息。

自從那天晚上舞衣對他說「別過來」，他們就再也沒有好好地說過話了。買牛奶時會在櫃台碰面，但舞衣從未主動開口。

但今天……天打算不顧一切地試著約她。

如同之前天的心情變輕鬆了，天也想助舞衣一臂之力，舞衣或許會拒絕……不，想再多也無濟於事，只能硬著頭皮上了。

天拿起盒裝牛奶，不偏不倚地走向舞衣負責收銀的櫃台。

「啊……」

天在收銀台放下牛奶。舞衣張著嘴巴，愣住了。

「我要買這個。」

「呃，那個……」

舞衣又開始畏畏縮縮，她果然在躲著自己。

「我要買這個！」

「確、確定是這個嗎？」

天的視線順著舞衣的聲音往下看，放在桌上的盒裝牛奶……才怪，那不是牛奶。

「這是優酪乳喔。」

「啊！」

這是天第一次犯這種愚蠢的錯誤。

「沒錯，我就要這個！」

天將錯就錯地重整旗鼓，舞衣噗哧一笑。

「乖乖地去換過來如何？」

舞衣旁邊的店長也笑了。

天偷偷摸摸地更換商品，再回來結帳時，舞衣正以平靜的表情微笑著。

「這是你第一次拿錯商品呢。」

天悄悄地偷看正在刷條碼的舞衣，店裡現在除了天以外，沒有別的客人，要說的話只能趁現在。

「舞衣姊！」

舞衣一臉怔忡地看著他。

「妳今天下班以後有空嗎？」

「咦……」

「下班後要不要來我家？」

舞衣停下手邊的動作，露出困惑的表情。

「不對，是請妳一定要來！我在外面等妳下班！」

我說了，我說出來了。只見舞衣的臉染上淡淡的紅暈。

「哦，天同學真有一套！」

店長從旁出言調侃。

「舞衣真的好搶手啊，前陣子也有個足球社的男孩向她搭訕。」

「什麼？」

天抬起頭來，舞衣更加不知所措了，連忙制止店長：「別說了。」

「那傢伙該不會跟妳告白了？」

肯定是隼人口中的學長。舞衣迴避天的注視，從收銀機裡拿出零錢。

「現在是上班時間。」

「又沒有其他客人。」

「不是這個問題。」

舞衣把零錢交到天手中，天心煩意亂地接過，店長笑嘻嘻地告訴他：

「別激動，剩下的去外面說清楚吧，已經五點了。」

望向收銀台的時鐘，剛好五點。

天在細雪紛飛的停車場等舞衣下班。

剛才還在外面的陽菜不見蹤影，天不免有點擔心。又消失了嗎？如果是這樣的話，得快點找回陽菜遺忘的記憶才行。

「天同學。」

天猛然抬頭，穿著大衣、圍著圍巾的舞衣迎面而來，臉上略帶慍色。

「我還以為你是更有常識的人。」

「我怎麼了？」

「竟然在店裡問我那種問題。」

「有什麼關係，又不是什麼大事。」
天也有點不開心，舞衣瞪了他一眼。
「所以呢，他向妳告白了？」
「不告訴你。」
「什麼？」
「不告訴你。」
「什麼意思！」
舞衣轉過身去，米白色大衣與粉紅色圍巾迎風搖曳。
「告訴我嘛。」
舞衣逕自往前走，停車場的燈光照得雪花光燦耀眼。
「我好想知道。」
我想知道？我為什麼想知道？
「告訴我嘛……」
要是舞衣和那個男生交往……
「舞衣姊！」
舞衣肩膀微微顫動，慢條斯理地轉過身來，雪花的結晶在她的黑髮上熠熠生輝。

舞衣輕聲細語地告訴呆站著不動的天：
「我拒絕了。」
天整個人放鬆下來，在寒冷的空氣中鬆了一口氣。看到天這樣的反應，舞衣靜靜微笑。
「因為你告訴我，不願意就拒絕……所以我堅定地拒絕了。」
「這樣啊……那就好。」
天又吐出一口大氣。舞衣站在他面前，指尖點了點他的鼻頭。
「沾到雪花了。」
眼前的笑容果然與陽菜是一個模子印出來的。
「陽菜也做過類似的事喔。」
天不經意地脫口而出，舞衣大驚，收回手指。
「陽菜也……這麼做過？」
「啊……嗯，但已經是……很久以前的事了。」
「這樣啊……」
舞衣放鬆了一點緊繃的嘴角說道。
「走吧……去你家。」
天看著舞衣的臉。

「你想知道……我爸的事吧？」

回想前幾天他們父女不尋常的模樣，天感到一陣心痛。舞衣對他展露微笑。

「我也有事情想問你。」

天默然無語，凝視飄落在舞衣髮梢的白雪。

「富樫居酒屋」僅有的兩張桌子都坐滿了客人，天不認識他們，但他們顯然已經來過好幾次，母親正眉開眼笑地跟他們聊天。

天和舞衣坐在吧台座位，舞衣面前擺著啤酒杯，天面前今天也是裝在玻璃杯裡的牛奶。

「請用。」

父親從吧台後面送上一盤串燒。

「謝謝。」

舞衣笑容可掬地接過，父親微微頷首，又回廚房去忙了。

「我要開動了。」

舞衣將串燒送入口中，天小口小口地喝酒……不對，喝著牛奶，從剛才就在等待，等舞衣主動開口。

「前陣子……不好意思。」

吃完一根串燒後，舞衣終於打開話匣子。天抬起頭，望向身旁的舞衣。

「讓你看到家醜了。」

天搖搖頭。

「才沒有這回事。」

舞衣看著天，沉靜地微笑。

「那是我父親，平日不去上班，白天就開始喝酒，在公園裡亂晃，找路人麻煩，已經成為附近的名人了，連母親也不跟父親說話。」

舞衣吐出一口氣，把竹籤放在盤子上。

「可是啊，我爸不是壞人喔。上次也是，酒醒後就向我道歉了。陽菜要是看見我們這樣，一定會很傷心吧。」

天沉默下來，陽菜早就知道家人搞成這樣了，所以很擔心姊姊。如果告訴舞衣，陽菜變成幽靈，彷徨於人世間，她會相信嗎？

「所以為了陽菜，我也希望家裡的氣氛能恢復原狀……但光憑我還是無能為力。」

舞衣一把抓住劉海，表情頹喪。

「只有陽菜才做得到。」

天無言以對，明知該說點什麼才行，卻一句話也說不出來。

「或許……已經無法恢復原狀了……」

舞衣自言自語似地說。她一口氣灌下啤酒，「呼——」地吐出一口大氣，對天說：

「所以啊，我決定了。」

「決定什麼？」

「我要離開那個家……還有這個城市。」

「什麼……」

離開這個城市？連舞衣也要從這裡消失？

舞衣靜靜地對茫然自失的天微笑。

「過幾天，我要去一家公司面試……那家公司在離這裡很遠的小鎮。」

天默默地聽舞衣說。

「還不曉得能不能面試上，但如果通過面試，我打算離開這裡。」

天把手伸向玻璃杯，想喝牛奶，手卻抖得有如秋風中的落葉。

做夢也沒想到舞衣會這麼說。

他還以為舞衣會永遠在那家便利商店工作，永遠笨手笨腳地出錯，天則每天去買牛奶……在日復一日中，舞衣會逐漸露出發自內心的笑容。

「可是陽菜……」
天的嘴巴自顧自地動起來。
「陽菜已經……」
舞衣不再說話，看著天。天用手摀住自己的嘴。
自己在胡說什麼呀。舞衣已經打算放下陽菜，往前走了不是嗎？這也是陽菜的希望，既然如此，自己應該做的是……
「沒什麼……我覺得這樣很好。」
舞衣凝視天的臉。
「我想陽菜一定也贊成妳這麼做。」
「……嗯。」
舞衣放鬆臉上的表情，點點頭。
「謝謝你，天同學。」
天卻無法回應舞衣的感謝。
後來母親來找舞衣聊天，天根本沒機會插嘴。舞衣笑著與母親聊天，看起來很開心的樣子，似乎已然擺脫過去的陰霾。
「我從未忘記過陽菜，一次也沒有。」

天回想曾幾何時聽到的那句話，將玻璃杯湊到嘴邊。
「喂，已經空了喔。」
聽見父親的提醒，天這才發現杯裡的牛奶已經喝光了。
父親從吧台裡低頭看天，一臉被他打敗的樣子。
「老爸，給我啤酒。」
這時當然要借酒澆愁啊。
父親聞言，打開冰箱，拿出一公升的牛奶，放在吧台上。
「是男人的話，就給我振作一點。」
什麼意思，聽不懂他在說什麼……
天邊倒牛奶邊看坐在一旁的舞衣。舞衣面向母親，臉上帶笑。
這樣就好了，就算沒有天，舞衣也已經沒問題了。她已經懂得拒絕不願意的事，也開始踏上自己的征途。陽菜的心願實現了。
「你打算消沉到什麼時候呢？」
「少廢話，我才沒有消沉。」
天一口氣喝光杯中的牛奶，用力地放在吧台上。
「喂——」
父親詫異地看著天。

「舞衣姊，妳該回去了。」

聽到天的聲音，正和母親聊天的舞衣回過頭。天氣沖沖地推開椅子站起來。

接下來只要讓陽菜去投胎轉世就行了。

店外還在下雪，天抖了一下，縮起肩膀。

「多謝招待。」

「改天再來喔，舞衣，路上小心。」

舞衣向母親道別，走到店外，與等在外面的天四目交會，嫣然一笑。

「好開心吶！今天喝得好痛快。」

舞衣高舉雙手，伸向夜空，心情看起來確實比平常更好的樣子。

「妳喝醉了嗎？」

「我才沒醉！」

舞衣走在店門口覆蓋著皚皚白雪的人行道上，笑得花枝亂顫。

「沒醉才怪。」

離開這裡真的讓她那麼開心嗎？

陷入這種想法的自己實在太窩囊了，好討厭。

天不發一語地走在舞衣旁邊，穿過商店街，再穿過平交道，走進公園。

舞衣心情大好地仰望天空，哼著歌。

但舞衣越是這樣，天的內心深處越是百轉千折。

「那個……」

天面向舞衣，鼓起勇氣開口。

「可以請教妳一件事嗎？」

「嗯？什麼事？」

得問出陽菜的事才行，陽菜去世那天的事。

「不行！不可以問姊姊！」

陽菜的聲音掠過腦海，可是天當作沒聽見，接著說：

「陽菜死的……」

「啊，是鞦韆！」

舞衣突然指著公園中的兒童廣場上的鞦韆大喊。

「我們去坐那個吧！好不好？天同學。」

「咦……」

「走吧！這邊、這邊！」

舞衣在細雪紛飛的黑夜中跑向鞦韆。

這個人……果然喝醉了。

「別跑得那麼快，小心跌倒！」

天怒吼的瞬間，舞衣就像漫畫一樣，華麗地摔了個狗吃屎。

「好痛……」

「所以才叫妳不要用跑的嘛。」

這傢伙是小孩子嗎？天奔向乾脆一屁股坐在地上的舞衣。

「我喝醉了嗎……」

「怎麼看都是吧。」

天以拿她沒辦法的表情說。舞衣「欸嘿」地傻笑。

「今晚特別想喝個痛快……」

舞衣腳步虛浮地站起來，自言自語地說。

她的樣子看起來好危險，天想扶她，碰到舞衣的背。

「明明是我自己決定的，決定找到工作就離開這個小鎮，可是這麼做說穿了只是在逃避，為了逃離那個家……」

「才沒有這回事呢，舞衣姊沒錯。」

舞衣噗哧一笑。

「但或許我根本不想離開這裡……」

舞衣呵出白色的氣息。天瞇著眼，默不作聲地凝視舞衣的側臉。

陽菜確實也說過同樣的話：「或許我也不想離開姊姊。」

這兩個人的感情真的很好。

「我們去盪鞦韆吧。」

「太危險了，別去。」

「別擔心，我不會搖太大力的。」

舞衣笑笑地坐在鞦韆上，踹向地面，輕輕地盪起來，鐵鍊生鏽的噪音迴盪在安靜的公園裡。

「你也來玩嘛。」

「好好好。」

天依言坐在旁邊的鞦韆上。多少年沒盪鞦韆了？這麼說來，以前經常跟拓實還有隼人在這裡玩。

「我啊，小時候經常和陽菜來這座公園玩。」

舞衣輕輕地盪著鞦韆，喃喃自語。

「我很喜歡盪鞦韆……你呢？」

「咦，呃，我嗎……」

站在鞦韆上，比誰盪得高。越來越靠近天空……還曾經想過是不是鬆開手，就能這樣飛上天過。

「我也喜歡盪鞦韆。」

「那跟我一樣嘛！小時候總想著盪得越高越好，現在已經不敢了。」

舞衣面向天，笑得天真無邪。天不動聲色地撇開視線，耳邊傳來舞衣的聲音：

「你也曾經跟陽菜來這裡玩嗎？」

天的心臟漏跳了一拍。怎麼可能？就連跟陽菜是朋友也是謊言。

「你和陽菜念的小學不一樣吧？你們是在哪裡認識的？」

「在哪裡呢……」

突然被問到這個問題，天窮於回答，早知道就先跟陽菜串好口供了。

「就是在這裡啊。」

天情急之下信口開河。

「我和朋友來這裡玩的時候認識了陽菜。」

「哦，原來如此。」

舞衣接受了這套說詞，天放下心中大石，也搖搖晃晃地盪起鞦韆來。

「那……」

舞衣說到這裡，停頓半晌，然後才又接著說：

「那你也和陽菜一起盪過這個鞦韆吧？」
「啊，嗯，那當然。」
「盪得很高嗎？」
「還比賽誰盪得高呢。」
「就算對手是男生，陽菜也不會輸吧。」
「沒錯，明明是女孩子，卻盪得比誰都高。」
腦海中浮現出陽菜得意洋洋，使盡全力盪鞦韆的樣子。
舞衣莞爾一笑後，腳踩在地上，停下鞦韆，然後靜靜地轉身面向天說：
「你在騙我吧？」
天也用腳停下鞦韆，耳邊傳來沙子滑過鞋底的聲響。
「咦？」
天望向旁邊，舞衣目光冷冽地盯著天看。
「你在騙我吧？」
心臟突然狂跳起來，天握住鐵鍊的掌心冒出汗水。
「陽菜她啊，雖然很活潑，性格不輸給男孩子，唯獨不敢盪鞦韆。不管我再怎麼連哄帶騙，不敢就是不敢，跟朋友一起玩的時候，也一定會避開盪鞦韆這項遊戲。」

舞衣的聲音深深地刺進天的胸膛。

「你為什麼要騙我？」

舞衣直視天，不讓他移開視線。

「我和陽菜無話不談，不管是學校的事、朋友的事、還是喜歡的男生的事。我知道陽菜所有的人際關係，但我從未聽陽菜提起她和別的學校的男生交上朋友的事。」

天的心跳越來越快。

「你真的是陽菜的朋友嗎？」

冷風吹來，細雪紛飛，在天眼中，漫天飛舞的細雪就像飄落的櫻花瓣，就像開學那天的——

「就算我告訴妳實話……妳也不會相信。」

天以嘶啞的聲音回答。

「所以……只好騙妳我們是朋友。」

那個謊言，從一開始就不該說，早知道一開始就說實話了。

這個人一定能了解，她一定能了解自己。

天用力握緊鐵鍊，對舞衣說：

「我能看見幽靈。」

舞衣的臉色變了。

「我看得到陽菜的幽靈，也能跟她說話。陽菜一直在便利商店前看著姊姊，一直很擔心姊姊，直到現在還是很擔心。」

舞衣嘴唇顫抖，天繼續說下去：

「是陽菜拍下那個便利商店的男人有女朋友的證據照片，她也很在意令尊令堂的事。明明不能一直待在這裡，必須去投胎轉世才行，但她因為擔心姊姊而離不開。」

「說……謊……」

「我沒有說謊，是陽菜拜託我保護妳。」

舞衣雙目圓睜地看著天，然後慢慢地站起來。

「這種鬼話……我才不相信。」

「不管妳相不相信，我說的都是真的。」

天也站起來，但舞衣卻避著天，逕自走開。

「等一下！舞衣姊！」

天抓住跑走的舞衣的手臂，舞衣回過頭來，淚光閃爍地說：

「你在尋我開心吧？」

「欸……」

「因為我總是笨手笨腳的，因為我既不可靠又不中用……居然拿陽菜的死當藉口尋我開心，太可惡了！」

舞衣甩開天茫然自失的手。

「我、我沒有尋妳開心！」

舞衣咬緊下唇，別開臉。

「先別說我，妳又是什麼時候發現的？既然妳已經發現我在騙妳了，為什麼不早點揭穿我？」

天忍不住大聲反駁，舞衣的視線又回到天身上。

「雖然我發現了……卻還是想相信你呀。」

耳邊傳來舞衣顫抖的聲音。

「因、因為我很感動，因為天在這裡對我說的話……令我非常感動。」

我在這說的話？天心頭一凜。

趕走輕浮男那天，天說過：

我是來保護舞衣姊的。

「所以我心想，就算是謊言也沒關係。原因是什麼都無所謂……但你卻說你看見陽菜的幽靈……你根本是在尋我開心吧？」

「我沒有，我真的看見了。」

天想伸手去拉她，又被她甩開了。

「我已經不相信你了。」

天緊緊地咬住下唇，舞衣不看天的臉，神色倉皇地離開了。

舞衣的背影消失在漫天風雪裡。

事情怎麼會變成這樣？到底是哪裡做錯了？

「陽菜……」

天仰望天空，喃喃自語。

「妳在哪裡……」

但陽菜始終沒有出現。

第三章

想表達的心情

喧鬧的笑聲消失在走廊的另一邊後，教室恢復寂靜，冷風從稍微打開的窗戶吹進來，吹動了窗簾。

「咦，這不是富樫嗎？你在做什麼？」

蟹老對獨自坐在窗邊發呆的天說。

天懶得理他，望向教室門口。蟹老一臉「找到好說話的對象了」的表情，笑吟吟地走進沒有其他人的教室。

「真稀奇啊，你這小子平常總是一下課就跑得不見人影。」

「與老師無關吧？」

天沒好氣地低聲呢喃，蟹老在他面前站定。

換作平常，天確實是一下課就頭也不回地離開教室，因為他有更想去的地方，不想繼續待在這個無聊透頂的地方。

他想去舞衣和陽菜都在的便利商店。

但陽菜最近一直不見蹤影，他也提不起勇氣面對舞衣，不敢踏進便利商店。

自從與舞衣鬧翻後，天再也沒有見過那對姊妹了。

「喏，這個給你喝。」

蟹老把盒裝牛奶放在天的桌子上，天皺了皺眉。

這老頭怎麼帶著牛奶到處走啊。

不知道是否聽見天的心聲，蟹老向他說明：

「這是我放在準備室的冰箱裡的牛奶，放心，沒有壞。」

「不用了，這是老師的牛奶吧。」

天把牛奶推回去。

「我不要，你喝吧。心浮氣躁的時候更應該喝牛奶，真想把牛奶推廣給全校師生啊。」

蟹老哈哈大笑。

有什麼好笑的？莫名其妙。

「我沒有心浮氣躁。」

天把視線從蟹老臉上移開，望向窗外，只見運動社團的成員們正高聲吆喝著跑步。

「把壓力發洩在別人身上的人有問題，但是壓抑下來的人也有問題，如果有什麼事，我可以聽你說喔。」

蟹老重新把牛奶放在天身邊，走出教室。

天聆聽蟹老走遠的腳步聲，自言自語：

「如果明明說了實話，對方卻不相信……該怎麼辦才好？」

聽得出來蟹老停下腳步，天只把耳朵轉過去。

「這個問題有點難回答呢。」

蟹老回答。

「如果對方無論如何都不相信，也只能一直說到對方相信不是嗎？」

天緩緩望向蟹老，蟹老還是老樣子，以稀鬆平常的語氣說道。

「光是悶在自己心裡，對方絕對不會知道，但是多試幾次的話，對方遲早有一天會明白。」

聽到這句話，天想起來：

「我已經不相信你了。」

舞衣是這麼說的。舞衣已經不相信他了。

可是如果自己不放棄，總有一天，她會願意相信自己嗎？

「加油，幸好你們還很年輕。」

蟹老朝天一笑，就這麼走出教室。

天跳上電車，在離家最近的車站下車。今天也錯過了兩班電車。

手插在口袋裡，吐出雪白的氣息。明明已經三月了，天氣還是很冷。

天又呵出一口氣時，發現穿著水手服的少女就蹲在便利商店停車場的角落。

「陽菜！」

天忍不住大聲呼喚，跑過去。陽菜靜靜地抬起頭來，對天嫣然一笑。

「小天……好久不見……」

但她的聲音無精打采，感覺身形也益發單薄。

「妳沒事吧？該不會快消失了吧……」

「嗯，好像是，我可能快死了。啊，說快要死掉有點怪怪的，因為我已經是幽靈了。」

有氣無力的笑聲虛幻地飄盪在冰冷的空氣裡。

一對穿著高中制服的情侶走出便利商店，喝著相同的飲料，依偎著走向車站。

「就算只有一次也好，我好想跟普通女生一樣談戀愛啊。」

天偷偷地看了陽菜一眼，陽菜用視線追逐小情侶的背影。

冷風吹過，水手服的衣襟微微晃動，陽菜的制服永遠那麼新穎。她再也無法穿著這身制服去學校，也無法與任何人談戀愛了。

天不動聲色地撇開視線，感覺心好痛。

但陽菜在天身旁俏皮地說：

「我好想被男生壁咚啊。啊，還有公主抱！」

「那種情節只會發生在漫畫裡吧，現實中才沒有人會做這種蠢事。」

「欸，真的嗎？我還以為升上高中，大家都這麼做。」

「怎麼可能，妳看太多漫畫了。」

天的吐槽令陽菜咯咯笑。

「這樣啊……但我還是想試一次……」

陽菜凝望遠方，身影彷彿隨時都要融化在冰冷的空氣裡。

現在不是跟舞衣吵架的時候，必須快點找回陽菜遺忘的記憶，否則——

「小天，我不在的時候，你跟姊姊吵架啦？」

陽菜的質問令天暗自心驚。

「你沒去找姊姊吧？出了什麼事？」

天沉默了一會兒，支支吾吾地說：

「我和妳不是朋友的事被妳姊姊看穿了。」

「什麼……」

「所以我老實告訴她，我看到身為幽靈的妳，結果她生氣了，認為我在尋她開心。」

陽菜捧腹大笑。天瞪了她一眼。

「妳……笑屁笑。」

「因為……果然是姊姊會有的反應。」

陽菜咯咯地笑個沒完。

「這有什麼好笑的！看在妳姊姊眼中，我不僅撒謊，還尋她開心……啊，我已經不曉得該怎麼辦才好了！」

天抱著頭哀號，陽菜對他說：

「小天，請你保護姊姊。」

「這種情況下是要怎麼保護啦！」

「可是……」

陽菜望向遠方，天順著她的視線看過去，舞衣正從便利商店的後門走出來。

「欸……」

看到舞衣的模樣，天呆住了。

「好不好嘛？拜託你。保護姊姊……」

陽菜的聲音戛然而止，回頭看，她的身影正逐漸變淡。

「陽菜！」

「別擔心，我還不會完全消失。」

陽菜伸手輕輕地推了天一把。

「別管我了，去找姊姊，拜託你。」

身體往前撲的瞬間，陽菜的身影也消失了。

「陽菜……」

天茫然自失地喃喃自語後，握緊拳頭大喊：

「包在我身上！」

聽不見陽菜的聲音。

「不管是妳的事，還是妳姊姊的事，都包在我身上！所以在那之前，妳絕對不可以消失喔！」

天說完這句話，背過身去，奔向舞衣。

天衝向剛從後門走出來的舞衣，舞衣大吃一驚，看著天，但隨即撇開臉，轉身就要快步走開。

「舞衣姊！」

儘管如此，天仍全力跑向她，擋住舞衣的去路。舞衣停下腳步，把圍著脖子的圍巾推到鼻尖。

「妳怎麼受傷了！」

舞衣的臉頰貼著白色紗布，抓住圍巾的袖口隱約露出包著繃帶的手腕。

「這跟你……沒關係……」

「怎麼會沒關係！」

天的怒吼令舞衣抬起頭來。

「因為陽菜拜託過我。」

天目不轉睛地盯著舞衣的臉說。

「陽菜拜託我……要保護她姊姊。」

舞衣繼續把圍巾拉高到遮住臉。

「所以我是來保護舞衣姊的。」

天輕輕地抓住舞衣的手腕。

「這是怎麼回事？」

「……不小心跌倒了。」

「少騙人。」

天想起來了，舞衣被父親推開的樣子。

「說實話。」

舞衣幽幽地吐出一口氣，以細如蚊蚋的音量回答。

「爸爸喝醉了……聽到我說要搬出去，火冒三丈地指控我要拋棄他……僵持不下時，不小心撞到了玻璃。」
天咬緊下唇，死盯著舞衣手腕的白色繃帶。
「不過我沒事，爸爸酒醒後也恢復正常，帶我去醫院。」
「怎麼會沒事！」
天喃喃低語。
「傷成這樣……怎麼可能沒事。」
舞衣輕輕地推開天的手。
「別擔心，我不會再依賴你了，所以你也別管我了。」
舞衣邁開腳步，天又擋在舞衣面前。
「妳還在生我的氣嗎？」
舞衣一句話也不說。
「我為騙妳和陽菜是朋友這件事道歉，對不起。」
天向舞衣低頭道歉。
「可是我並不是尋妳開心，我看到幽靈也是真的，或許妳不相信，但我真的看到陽菜的幽靈了。」
天誠摯告白，目不轉睛地直視舞衣的雙眼，舞衣在天面前低下頭去。
「但是陽菜可能快要消失了。」

舞衣的表情有一絲動搖。

「那傢伙不去另一個世界，一直在現世彷徨……再這樣下去，她就要消失了。」

舞衣一言不發地抬起頭來。

「所以我希望陽菜能了無牽掛地去她該去的地方，絕不能讓她哪兒都去不了，就這樣消失不見。」

天說到這裡，呼出一口氣，看著舞衣。舞衣靜默無語，站在原地不動。

心臟還在撲通撲通狂跳，或許舞衣還是不相信他，或許舞衣會對他大發雷霆，但如果不說出自己的想法，對方絕對不會懂……

「而且我也希望舞衣姊能健康有活力，起初是因為陽菜要求『請保護我姊姊』才不得不為之……」

天用力握緊拳頭，對舞衣說：

「但現在是我自己想這麼做，我想保護舞衣姊，希望舞衣姊能一直保持笑容。」

舞衣抬起頭來看著天，天突然覺得很不好意思。

頭昏腦熱，想移開視線卻移不開。

「天同學……」

聽見舞衣的呼喚。

「我懂了，你不是會尋我開心的那種人，因為你突然說那種話，我嚇了一跳，所以……」

舞衣向天鞠躬道歉。

「對不起，朝你發脾氣。」

天連忙也低頭道歉：

「不不不，該道歉的是我，真的很抱歉。」

天慢慢地抬起頭來，與舞衣四目相交，難為情地搔搔頭。

「我要去妳家，陪妳說服父母，好讓妳爸媽答應妳搬出去。」

但舞衣搖頭。

「不用了，我家的事我自己處理。」

「可是……」

「不瞞你說，我爸媽很軟弱，爸爸借酒澆愁，媽媽也逃避現實。所以我必須堅強起來才行，雖然我還差得遠。」

舞衣說到這裡，微微一笑。

「所以這裡就交給我吧，或許要花一點時間，或許無法恢復原狀……但我想稍微拉開距離，慢慢磨合。」

天沉默半晌，點了點頭。

「既然舞衣姊都這麼說了。」

然後輕輕地抓住她的手。

「可是絕對不要勉強，如果覺得痛苦，一定要告訴我喔，雖然我或許有點靠不住。」

「不，你很可靠喔。」

舞衣微笑，回握天的手，然後稍微低垂眉眼，輕聲細語地說：

「那個，陽菜的幽靈……現在也在這裡嗎？」

「不，現在不在，但她一直守護著妳。」

「這樣啊……要是我也能看見幽靈就好了……」

舞衣深深嘆息。

「我想幫陽菜，陽菜是因為一直守著我才變成幽靈吧？有沒有什麼是我能為陽菜做的事？」

對了，得快點幫助陽菜才行。

天點點頭，面向舞衣說：

「請告訴我陽菜死的那天，發生了什麼事。」

舞衣直勾勾地看著天。

「陽菜不記得那天自己想做什麼，唯有想起來，那傢伙才能去另一個世界。」

舞衣噤口不言，天耐心地等她開口。

「陽菜出車禍那天……」

過了好一會兒，舞衣的聲音幽幽地在天耳邊響起。

「是我的生日。」

「生日……」

天緊張地吞了吞口水，舞衣把視線移到天臉上，淺淺一笑。

「陽菜是在去給我買生日禮物的回家路上發生了車禍。」

原來如此，陽菜是想把禮物交給舞衣啊。

「所以呢？那個禮物呢？」

舞衣陷入沉默，沉默半晌後，小聲地說：

「不知道……到處都找不到。」

「找不到？」

「車禍現場沒有留下類似禮物的東西。怎麼樣都找不到。」

怎麼會這樣……那就不知道陽菜最後拿著什麼了。

那個為姊姊買的禮物一定就是陽菜重要的記憶。

「她真的買了禮物嗎？」

「我想應該是買了，錢包裡雖然沒有發票……但應該買了。」

舞衣抬頭看天。

「大概是在開學典禮的時候想起還沒買禮物，媽媽說她是放學回家後，制服也沒換，又跑出去買東西，發生車禍是在回家途中，所以我猜是買完東西後。那孩子，一旦決定了，就會付諸行動。」

舞衣說的話勾起天的記憶。

「陽菜真的好傻……根本沒必要幫我買生日禮物。」

開學典禮。制服。姊姊的生日。禮物。

「書套。」

「什麼？」

「舞衣姊是不是喜歡看書？」

舞衣一臉困惑地回答：

「嗯，我是喜歡看書沒錯。」

天的心臟跳得好快，明明很冷，額頭卻冒出汗水。

「剛才有個國中女生來買姊姊的生日禮物，我推薦這款書套給她，她很高興地說『我就要這個』。」

一定是因為她穿著制服，拓實才知道她是國中生，而拓實推薦那個國中女生買書套給姊姊當生日禮物……

「拓實……」

「天同學？」

天揚起臉，用力握住舞衣的手。

「跟我來！」

「咦？」

「來我家！」

天拉著一頭霧水的舞衣，往自己家的方向狂奔。

「我回來了！」

「你回來啦，天。哎呀，舞衣也來啦。」

「打、打擾了！」

不理會驚訝的母親，天拖著舞衣上樓。

那個放在哪裡？不願看、不願回想、害怕自己受傷，所以藏起來了——拓實給他的生日禮物。

「怎、怎麼了？」

「我也收到了。」

「收到什麼？」

「那天也是我的生日，拓實送了禮物給我，可是我說……我不稀罕那玩意兒，還說……我又不看書，跟女生一樣，一點也不酷……」

天放開困惑的舞衣，打開壁櫥，把臉伸進去翻箱倒櫃。

記得是放在這裡……

「啊……」

天看到那個熟悉的袋子，拓實家開的書店袋子，有什麼東西從喉嚨深處湧上，好想吐。

「天同學……」

天用顫抖不停的手打開袋子，打開那個自從拓實給他以後，他一次也沒打開過的袋子。

從袋子裡拿出似曾相識的藍色書套，跟拓實用來包文庫本的書套是同一款。

「這是……拓實給我的。」

「拓實同學嗎？」

天不言不語地點頭，抬起頭來看著舞衣。

「我猜……陽菜送給舞衣姊的禮物也是同款的書套。」

「怎麼說？」

「開學那天拓實說過，有個女生去他家開的書店買書套，說是要送給姊姊當生日禮物。」

舞衣的臉色大變。

原來如此，這就是陽菜最後手裡拿的東西。

「問題是……那個書套上哪兒去了？」

舞衣的聲音顫抖。

「飛到哪裡去了？」

天抿緊唇瓣，低頭看拓實送給他的書套。

陽菜直到最後一刻都還小心翼翼拿著的禮物尚未送到舞衣手中，既然如此，為了陽菜也為了舞衣，都必須找到那個書套才行。

把書套交給舞衣時，陽菜一定就能放心地離開了。

「我來找。」

「說得簡單……已經過了四年……」

「一定得找出來才行……」

天喃喃自語，舞衣專注地看著他的臉，點點頭。

「既然如此，我也來找，只要是我能做的事，盡管說。」

天想了一下回答：

「舞衣姊還有其他該做的事吧？」

「什麼事？」

「找工作和準備搬家，還有說服父母。」

舞衣像個洩了氣的皮球，苦笑著說：

「說的也是，那陽菜的事就有勞你了。」

天對舞衣點頭承諾。

居然在這種地方搭上線，天和拓實、陽菜和舞衣……全都連起來了。

「真不可思議啊。」

舞衣凝望著五岔路的紅燈，喃喃自語。

「是陽菜讓我和你相遇，得好好感謝她才行。」

老人的身影在舞衣身旁搖搖晃晃。

「舞衣姊……」

話說到一半，天噤若寒蟬。一行清淚順著舞衣筆直面向前方的臉頰滑落。

「我真沒用啊，一想到陽菜，眼淚就控制不住。我老是這樣的話，陽菜根本無法安心上路吧。」

舞衣小聲地笑著說，從口袋裡拿出手帕拭淚。

「不……想哭就哭吧，否則會無法打從心底笑出來喔。」

天又重複一次母親說過的話。這麼說來，母親也對天說過好幾次同樣的話，但是天——到底有沒有哭過啊。

「謝謝你，天同學。」

舞衣擤了擤鼻涕，看著天，天什麼也沒說。

綠燈了，兩人邁步前行，穿越平交道和公園，站在今晚也沒開燈的家門口。

「妳爸爸……在家嗎？」

舞衣無言頷首，臉上的紗布令人心疼。

「還好嗎？」

「嗯，還好。」

舞衣回過頭來對天微笑。

「那，改天見。」

「嗯，改天見。」

舞衣揮揮手，堅定地揚起臉，獨自走進家門。

從此以後，天每天放學回家，都會前往陽菜發生車禍的地方。

就是那個一天到晚經過的十字路口。

開學當天，陽菜在這裡出車禍，失去了送給姊姊的重要禮物。那應該是裝在書店袋子裡的書套，應該是拓實幫她選的書套。

「陽菜……」

即使呼喚再多次，陽菜也沒有現身，這幾天，天一次也沒有見過她。

難不成她已經消失了……這個想法頓時掠過腦海，天粗魯地搖頭揮去。

不要緊，陽菜一定會再出現。希望等她出現，就能給她看自己弄丟的東西；希望她能取回遺忘的記憶，把那天沒能交給舞衣的禮物交給舞衣，這麼一來，陽菜就不會消失，就能好好地前往另一個世界……

天的腦海中浮現出陽菜天真無邪的笑臉。

可是去到另一個世界就意味著再也見不到陽菜了。

天又搖搖頭，甩掉這個想法，往四周看去。

車禍至今已經過了四年，書套不可能還在這裡，當時警方應該也仔細地搜尋過現場，或許掉在什麼意想不到的地方也未可知。

天也向附近開店的人打聽，問他們車禍發生後，有沒有看到裝在書店袋子裡的書套。

可惜沒能掌握到絲毫線索，只有時間無情地流逝。

結果這天也一無所獲地走進那家便利商店。

「咦，是天同學啊，舞衣已經下班嘍。」

這也沒辦法，畢竟今天來得比平常晚一點，距離上次送舞衣回家，他和舞衣也一週沒見了。

「你最近都好晚來啊？」

店長說，接過天手中的牛奶。

「因為發生了很多事……」

「是嗎？不過舞衣再過不久就要辭職了。」

天正要從口袋裡拿出零錢，手停在半空中。

「她說她找到工作了，所以必須搬家，不過我們一開始打的契約就僅限於她找到工作的這段時間。」

「這樣啊……」

「你早就知道啦？」

「嗯……」

天不置可否地回答，把錢遞給店長。

他早就知道了，遲早會變成這樣，這是舞衣選擇的路，所以必須開開心心地送她啟程。

店長對走出店外的天說：

「如果有什麼想說的話，一定要說清楚喔！」

天無法回應背後傳來的聲音。

室外天色已暗，吹過的風帶著暖意，當時序進入三月，春天的腳步終於近了。

「唉……」

但天的心情異常沉重，舞衣就要離開了，還找不到禮物，陽菜也遲不出現。

「我該怎麼做才好……」

天站在紅燈的十字路口，那個老爺爺今天也出現在紅綠燈旁邊。

綠燈了，天往前走，正要一如既往地從幽靈身旁走過，耳邊傳來粗嘎的聲音。

「你等一下。」

天暗自心驚，停下腳步。沒想到他會叫住自己，大概是想向天求助了吧。

「你今天一個人啊？」

幽靈老人詢問天是否為一個人。

「對……」

「那個穿制服的女孩子快要消失了吧。」

「咦，你怎麼知道？」

「那孩子已經死了，卻一直留在這個世界，不快點去另一個世界的話，就會魂飛魄散了。」

原來如此，果然沒錯。

「不過，我也沒資格說別人。」

老人對天微笑，天問老人：

「老爺爺忘記的事是什麼？我可以幫忙喔。」

老人朗聲笑道：

「你真是好孩子，明明還沒整理好自己的心情，還要煩惱別人的事啊。」

自己的心情？

「我是指你死在這裡的朋友。」

天用力地握緊拳頭。

「不要因為你是幽靈，就擅自猜測別人的心。我的事不重要，告訴我你的事吧，你也不想消失吧？」

「這倒是，你是我唯一的救命稻草，但我看你很忙的樣子，不好意思麻煩你……既然你這麼說，那就幫幫我的忙吧。」

老人從懷裡拿出紙袋。

「就是這個。」

天瞪大雙眼，他認得那個袋子。

「我想把這個還給書店，可是到處都找不到書店，走來走去時，突然倒下，被送去醫院，到死都沒能出院。」

「那是……」

天伸出顫抖的手。

「拓實家的書店……」

「沒錯，袋子裡的東西是書套，裝在書店的袋子裡。」

「書套……」

天從老人手中接過那個袋子，袋子很髒，已經變得破破爛爛，但確實是拓實父母開的書店的袋子。

「可是我完全想不起來自己為什麼會拿著這個，恐怕是很重要的東西，才會一直拿在手裡，即使變成幽靈，也還帶在身上。」

有道理，幽靈只能擁有直到最後一刻都還拿在手裡的東西。

「我想知道答案，所以溜出最後待的醫院，彷彿受到某種指引，來到這裡。」

「受到指引？」

「沒錯，然後在這裡遇到看得見幽靈的你。」

天低頭看袋子，問老人：

「老爺爺，我可以打開來看嗎？」

老人靜靜地點頭，天小心翼翼地打開袋子。

「啊……」

裡面是粉紅色的書套。

「我猜這一定不是我買的東西，因為我視力不好，看不了書，也不會選這種姑娘家的顏色。」

「那這個怎麼會在你手裡？」

「我要是知道的話，就能成佛了不是嗎？」

天留意到袋子裡還有別的東西，輕輕地攤開掌心，把袋子裡的東西倒在掌心裡，是一片翩然飄落的櫻花瓣。

「櫻花？」

腦海中浮現出開學那天的狀況。

那天風很大，和拓實穿越五岔路時，感覺好像有花瓣飛來。天抬頭看了一眼，想叫拓實來看，望向拓實走在前面的背影時，下一瞬間便受到巨大的衝擊，身體騰空而起。

然後就墜入深深的黑暗裡，只看到漫天飛舞的櫻花瓣。

天輪流打量掌心裡的花瓣、粉紅色的書套和書店的袋子。

心臟發出躁動不安的噪音。一定有關，此刻手中這些東西與自己尋找的東西一定有關。

「我猜這應該是陽菜的東西。」

「陽菜？」

「那個穿制服的女生。」

「這是那孩子的東西？」

老人不可思議地歪著脖子反問。

「老爺爺住在哪裡？」

「南口的公園旁邊。」

「你經常來這一帶嗎？」

「很少……頂多只有櫻花季來買櫻餅吧。這條商店街的日式糕餅店賣的櫻餅簡直是人間美味。」

櫻花季……

「陽菜在這裡出車禍的季節也是櫻花季，當時她手裡拿著要送給姊姊的禮物不見了。」

「禮物？」

「就是在這家書店買的書套。」

腳踏車駛過兩人身側，天閉上嘴巴，確定沒有其他人以後，繼續跟幽靈說話。

「老爺爺，你什麼都想不起來嗎？你為什麼會拿著這個。」

天給老人看掌心裡的東西。

「櫻花瓣……」

老人目不轉睛地看著從袋子裡倒出來的櫻花瓣，思考了好一會兒，慢條斯理地喃喃自語：

「那一天……風很大。」

天驚愕地看著老人。

「我出門散步，順便去日式糕餅店買櫻餅，我還記得櫻花漫天飛舞的景色，那個彷彿在櫻花的包圍下掉在店門口。」

如果是那麼大的風，確實有可能一下子就從出車禍的地方飛到日式糕餅店。

「撿到的瞬間，我就覺得那應該是很重要的東西，所以想拿去派出所，還給失主，結果卻被我帶回家，而且就這麼忘了好幾年。我也真是老糊塗了。」

「所以你一直拿著這個嗎？」

老人點頭。

「對呀，隔了好久再找到這個，我終於想起那天的事，但現在再送去派出所也於事無補。不過也不能丟掉，既然如此，想說還給店家好了，便來到北口，結果在尋找書店的途中倒下……」

原來是這麼回事啊。天珍而重之地把書套和花瓣放回袋子裡。

「老爺爺，書店已經收掉了。」

老人瞪大雙眼。

「不，我記得應該在商店街裡……」

「三年前就收掉了。」

老人長嘆一聲。

「原來如此。難怪我怎麼找都找不到。」

天點點頭，對老人說：

「老爺爺想把這個物歸原主吧？」

「對，如果能還回去的話。」

「可以喔。」

因為這無疑是陽菜在拓實他家開的書店買給舞衣的書套。

「老爺爺，謝謝你。謝謝你一直如此珍惜這件失物的回憶。」

天握住老人的手，老人的手十分冰冷。

「謝謝你帶著這個從醫院溜出來，老爺爺一定是為了見到我才來到這裡。」

老人苦澀地笑了。

「也對，畢竟我回過神來已經在這裡了。我也很高興認識你喔，託你的福，我想起很多事，也能把這個還給失主。」

天握著老人的手，點頭如搗蒜。

「嗯，等我找到陽菜，一定帶她來找你。在那之前，這個先給你保管，因為我希望能由老爺爺親自還給陽菜。」

天把裝著書套的袋子塞回老人手裡。

「我一定會帶她來的。」

老人對天靜靜頷首。

陽菜、陽菜，妳在哪裡？快出來。

我找到妳在找的東西了，妳快把這個送給妳姊姊。

妳的願望就要實現了。這麼一來，妳就能投胎轉世了吧？

「天！」

突然有人喊他的名字，用力地抓住他的手。

「咦……」

「你在這裡做什麼？」

定睛一看，母親正一臉鐵青地看著自己。

「做什麼……」

「你在和誰說話？」

母親的質問令天驀然一驚。天四下張望，已不見幽靈的身影，他獨自站在供奉在號誌燈柱下的白花旁。

「你在和……拓實說話嗎？」

母親抓住天的手臂微微顫抖。

「不是啦……」

「那你在和誰說話？你這孩子，經常會做出這種詭異的舉動。」

「這才不是詭異的舉動……」

天想甩開母親的手，反而被抓得更緊。母親的手明明那麼細瘦。

「不可以去。」

母親說，表情前所未有的認真。

「你不可以去那邊。」

「去哪邊……」

「當然是拓實那邊啊，你已經一隻腳踏進鬼門關了。」

才沒有，怎麼可能。

那場車禍發生後，他的確住了很長一段時間的醫院，但現在已經活蹦亂跳了。臉上雖然留下傷疤，雖然變成陰陽眼，但自己並沒有要去那個世界。

「妳在說什麼呀，媽，奇怪的是妳吧……」

天話只說到這裡就停住了，因為母親緊緊地將他擁入懷中。

「做、做什麼啦……」

「天……」

自從恢復意識以來，這是第二次被母親抱得這麼緊。

「爸爸媽媽都很慶幸你能活下來，千萬別忘了這點。」

為什麼要說這種話啦……

母親抱著天的身體，哭得跟那天一樣。

沒有營業的店內十分昏暗，天獨自坐在沒有其他人的吧台座位發呆。

不一會兒聽見下樓的腳步聲，父親走進店裡。

「媽媽還好嗎？」

「睡著了，最近很忙，大概是太累了。」

在路上抱著兒子痛哭的母親一回到家就筋疲力竭地倒下了，父親扶母親進房休息，直到現在才回來。

「提早打烊真的沒關係嗎？」

「沒關係，今天也沒什麼客人，偶爾提早打烊沒關係吧。」

父親繞到吧台後面，倒了一杯日本酒。

「你要喝嗎？」

「咦，可以嗎？」

「當然是牛奶。」

天不服氣地臭著臉，父親莞爾一笑，把牛奶倒進杯子裡，放在天面前。

好安靜。上次與父親單獨待在沒有客人的店內已經是小時候的事了。

這麼說來，以前每次惹母親生氣，天都會逃進店裡，躲在父親背後。

「你媽啊……」

半晌後，父親低聲說道。

「眉開眼笑地接待客人時還好，一旦沒事做的時候，好像就會陷入強烈的不安。」

「不安？」

「擔心兒子會不會再也回不來了。」

天揚起臉，看著父親。

「別看你媽那樣，她其實很容易操心。最近你的樣子怪怪的，今天也遲遲不回來，所以她大概很不安吧。我要她別擔心，但她還是決定出去找你，就算你嫌她煩也無所謂。」

結果看到兒子跟肉眼看不見的東西說話，一時方寸大亂。

「老爸……我……」

母親說他已經一隻腳踏進鬼門關了，或許看得到幽靈也意味著他比普通人離那個世界更近。

「如果說我看得見幽靈……你相信嗎？」

父親什麼也沒說，喝光杯裡的酒，又無言地倒了一杯，再次一飲而盡後回答：

「這樣啊，因為你死過一次嘛，就算能看到幽靈也不奇怪。」

「如果告訴老媽，你猜她會有什麼反應？」

父親淡然一笑。

「最好先別跟你媽說吧，她現在還很不穩定。」

「說的也是。」

「但如果是兒子說的話，她遲早會相信吧。」

天微微頷首，一口氣喝光杯子裡的牛奶，明明是與平常無異的牛奶，今晚的味道卻有點苦澀。

「別讓你媽太操心喔。」

「嗯。」

天回答道，把杯子還給父親：「多謝款待。」

順著狹窄的樓梯爬到二樓，天隔壁的房間沒有任何聲音，母親大概睡著了。

天輕聲嘆息，回到自己房間，關上紙門，盡可能不發出聲音地開窗，微涼的晚風吹了進來。

「陽菜……」

天緊緊地閉上雙眼，回想陽菜第一次來這個房間那天的事。

毫無戒心，甚至有點厚臉皮，天真無邪，總是笑嘻嘻的，古怪的幽靈。

「小天果然是我的天使！」

「誰是天使啊，笨蛋。」

天睜開眼睛，望向窗外，喃喃自語。

「陽菜。」

把音量壓到最低，以免隔壁房間的母親聽見。

「我找到妳重要的東西了，在那個老爺爺手上。」

可惜四面八方都沒有回答。

「快點出來啦，再不出來的話，妳……」

會消失吧？

天面向窗外嘆氣，晚風拍打臉頰，天不禁皺眉。

「嗚嗚，好冷……」

第二天一早，天冷到醒來，這才發現窗戶開了一整夜，天連制服也沒換，就躺在榻榻米上睡著了。難怪這麼冷。不過他熟睡到冷成這樣都沒感覺，可見真的太累了。

天站起來想關窗，那一瞬間，周圍的景色大大地搖晃了一下。

怎麼回事……天頭昏眼花，窗戶、牆壁、天花板都在旋轉。

死定了……

想到這裡的瞬間，眼前一黑，世界顛倒過來。

「你發燒了！」

母親看著溫度計，怒不可遏地大吼。天感覺頭快要爆炸，真希望她別再吵了。

「就算已經三月了，也不能窗戶全開還不蓋被子睡覺啊！真是個傻孩子。」

天摀住耳朵，鑽進被窩裡。

「今天就給我留在家裡睡覺！不准去上學，也不准出去！」

「……知道了啦。」

「真是拿你沒辦法。」

知道了啦，別再跳針了。

不過母親似乎已經完全恢復正常，雖然不確定她心裡怎麼想的就是了。

「對了，你想吃什麼？」

一隻腳已經踏出房門的母親又回頭說。

「我不餓。」

「管你餓不餓，一定要吃點東西才行。」

但他明明就不餓啊。

「我讓爸爸給你煮稀飯，等一下喔。」

母親逕自說完，走出房間，咚咚咚的下樓腳步聲逐漸遠去。

天從被窩裡探出臉來，翻身向上。

「爸爸煮的稀飯啊……」

小時候每次感冒，父親都會煮稀飯給他吃，那稀飯非常美味。

天想起那個滋味，心不在焉地盯著天花板。

「爸爸媽媽都很慶幸你能活下來，千萬別忘了這點。」

滾燙的腦袋裡浮現出母親昨天說的話。

「我知道啦……」

天嘟囔著。

「我知道啦……所以再給我一點時間……」

送走陽菜和老爺爺，再目送舞衣離開……

「天也去看看拓實嘛。」

嗯，我會去的，去找拓實。

不確定拓實在不在那個叫作「墳墓」的地方，雖然天覺得應該不在。

但自己必須往前走了，就像舞衣那樣。

天靜靜地閉上雙眼。

這麼說來，舞衣今天也會去便利商店打工吧。

只要去那家便利商店，大概就能見到她們，見到舞衣和陽菜。

他想見她們。

吃完父親煮的稀飯，他又睡著了，途中醒來好幾次，或許因為發燒，分不清夢與現實的疆界，每次想要思考，頭好像就會痛起來，最後乾脆逼自己閉上眼睛，再度沉入夢鄉。

睡了多久呢？手機突然響起電鈴聲，天睜開雙眼。

「誰？」

發現窗外一片漆黑，天不禁愕然。印象中吃稀飯還是早上的事，竟然已經晚上了？

「我睡了多久啊……」

天抓亂了頭髮，拿起手機。

「欸！」

看到畫面中的來電顯示，天又嚇了一跳，居然是陽菜打來的電話。

「喂，陽菜？」

這麼說來，第二次說話那天，他就和陽菜用通訊軟體互加好友了。要是她能打電話，怎麼不早點打來呢？

「妳在哪裡？」

話筒那頭傳來一點也不像陽菜，細如蚊蚋的聲音：

「我在便利商店前面啊……你今天沒來。」

「抱歉，今天有點……」

「我打了好幾次電話給你喔！你都沒發現嗎？」

真的假的？他睡得太熟了，偏偏在這個節骨眼……天氣死感冒的自己了。

「姊姊好像也不在，我一直在這裡等待。」

陽菜還不知道，舞衣再過不久就會辭去便利商店的工作。

天正襟危坐地跪坐在被褥上，告訴陽菜：

「陽菜，妳聽我說，我找到妳在找的東西了。」

「你找到了？」

「妳那天買了姊姊的生日禮物要送給她，想起來了嗎？妳去了北口的書店。」

陽菜一言不發，或許正在努力回想。

「可是在回家路上出車禍，弄丟禮物，幸好有人撿到了。」

「咦……」

「就是那個五岔路的老爺爺。」

「那個老爺爺？」

陽菜的聲音有些顫抖。

「沒錯，東西現在還在老爺爺手上，所以妳要去跟老爺爺拿回來送給妳姊。妳姊姊就快搬走了，但現在還來得及。」

「姊姊要搬走？為什麼？」

天回答困惑的陽菜：

「妳姊姊已經沒事了。她已經靠自己的力量找到工作和新家，決定往前走了，所以要搬離這裡，獨自生活。所以妳也別再擔心，放心地去投胎吧。」

「這樣……啊，姊姊……要離開這裡啦。」

陽菜沉默了半晌，話筒裡傳來陽菜帶著淚意的聲音。

「可是……來不及了，小天，我……」

「什麼東西來不及了？」

「我的身體動不了了，一定是我已經沒辦法自由行動了，再這樣下去，或許我今晚就會從這裡消失。」

「妳說什麼……」

「小天……」

陽菜的聲音從話筒裡傳來。

「我一個人好孤單啊……」

天握緊手機說：

「妳在那裡等我！我馬上過去！」

「小天……」

「我帶妳去找老爺爺和姊姊，所以妳要在那裡等我喔。」

「……嗯。」

片刻的空白之後，耳邊傳來陽菜氣若游絲的聲音。

「小天果然是我的天使。」

拉開紙門，衝出房間時，母親就站在門外。

「啊……」

「你要去哪裡？」

天倒抽了一口氣。

「我不是說，今天一整天都給我待在家裡嗎？」
母親以不容反駁的眼神瞪著天說。
「你剛才在跟誰講話？老爺爺和姊姊又是誰？」
完蛋，母親全部聽到了。
天咬緊下唇，下定決心告訴母親：
「媽媽，對不起，我晚點再跟妳解釋，今天先讓我出去。」
母親又瞪了天一眼。
「我不會做危險的事，一定會平安回來。」
天向母親低頭懇求。
「所以拜託妳，讓我去。」
耳邊傳來上樓的腳步聲，父親輪番打量母子倆。
「求求妳，我非去不可，我一定要保護……」
「天！你這孩子……」
母親舉起手來。要挨打了……天緊緊閉上雙眼，卻沒有受到預料中的衝擊。
「讓他去吧。」
天睜開眼睛，父親抓住母親的手。
「但是有個條件，天，你一定要回來喔。」

天點頭對父親承諾。母親慢慢地把手放下來，低頭不語。

「媽……對不起。」

父親攬住母親的肩頭，讓開一條路。天對父母說：

「我去去就回。」

「路上小心。」

天點頭應允，心急火燎地下樓。

衝出店外，在暮色低垂的人行道上狂奔，老人今天也站在五岔路的號誌燈旁。

「老爺爺，等我一下喔！我現在就去帶失物的主人過來！」

「小心點。」

信號轉為綠燈，天穿越馬路，衝過商店街。

「哎呀，小天，你這麼急要上哪兒去？」

肉鋪的老闆娘正要拉下鐵門，看到他說。但天今天沒空理她。

快點，得快點去才行——陽菜就快消失了。

黑暗中，便利商店的燈光亮如白晝。

天氣喘如牛地四下張望，只見水手服少女蹲在建築物角落的屋簷下。

「陽菜！」

聽見天的聲音，陽菜揚起趴在膝蓋上的臉。

「小天……」

陽菜哭喪著臉，露出艱難的微笑。看到她的表情，天情不自禁地伸出雙手，緊緊地擁抱她的身體。

「小天？」

「太好了……妳還沒消失……」

真是太好了。

天知道陽菜感到莫名其妙，但只是更用力地抱緊陽菜嬌小而冰冷的身體。

「小天……我……」

「別擔心，我帶妳去。」

天放開陽菜的身體，握住她的雙手，然後慢慢地站起來，陽菜也膽戰心驚地站起來。

「走吧。」

天牽著陽菜的手往前走，陽菜足不點地地隨他移動，天感覺自己手裡有如抓住什麼雲朵般虛無縹緲的東西。

「能動了……剛才明明動彈不得。」

「嗯。」

陽菜的表情稍微鬆弛了點。

「好厲害，小天，你好厲害。」

「這沒什麼。」

天只是覺得自己做得到，覺得自己應該能帶動這個動不了的幽靈。

大概就像母親說的，自己已經有一隻腳踏進那個世界了。

那麼自己該做的，就是扮演好幽靈與人類之間的橋梁。

幽靈的願望與還活著的人類願望，只要能實現雙方的心願，雙方不就都能變幸福嗎？就算力量很微薄，天也想助他們一臂之力。

天對身旁的陽菜說：「走吧。」加快了腳步。

老人果然還站在五岔路的號誌燈旁，行色匆匆的行人，誰也沒注意到老人，就這麼從他身邊走過。天牽著陽菜的手，走到老人面前。

「老爺爺，這孩子就是失物的主人。」

陽菜緊張得全身緊繃，老人對她露出溫和的微笑。

「就是這個，這是妳的東西吧？」

陽菜靜靜地伸出手，從老人手中接過書店的袋子。

「啊……」

那一瞬間，陽菜的雙眼散發出光芒。

「這是……」

陽菜十分懷念地輕撫髒兮兮的袋子。

「妳想起來了？」

天問道，陽菜默默地點頭。

「那天……我在書店買了這個，要給姊姊當生日禮物，裡面是粉紅色的書套，是書店的男生推薦給我的。」

陽菜的視線移到天身上。

「那個男生說他也打算送同樣的東西給最好的朋友，還笑著說他朋友大概會嫌棄地說『我才不要這種東西呢』……」

天的胸口隱隱作痛。

「那個男生就是拓實吧？」

無法言喻的想法源源不絕地湧上心頭，天一陣鼻酸，眼眶發熱。

陽菜以平靜的表情看著天，然後對老人說：

「老爺爺，謝謝你。謝謝你一直小心翼翼地幫我保管我的寶貝。」

老人溫柔地微笑。

「忘記了這麼久，真不好意思啊，能物歸原主真是太好了。」

然後面向天說：

「也謝謝你幫我想起我忘記的事，這麼一來我就能了無牽掛地去另一個世界了。」

天心下一驚，抬起頭來，淡淡的光線籠罩住老人的身體。

這次真的要走了吧，去這個人該去的地方。

老人從光暈裡對天說：

「去見你重要的朋友吧，讓他知道你現在在想什麼。」

讓拓實知道他現在在想什麼……

「嗯。」

確定天點頭之後，老人的身體逐漸變成小小的光點，有如被吸入似地消失在夜空的盡頭。

「老爺爺……走掉了。」

陽菜的低喃把天的視線從空中拉回來，只見陽菜身體變得透明，懷裡緊抱著要給姊姊的禮物。

想起重要的事以後，陽菜應該也會變成光點，跟那個老人一樣。

天希望老天能再給他們一點時間，他想實現陽菜最後的心願。

「陽菜，走吧，去找妳姊姊。」

天說。

「把妳那天沒能送給姊姊的禮物親手交給她吧。」

天握緊她的手，陽菜靜謐地微笑。

天與陽菜手牽手往前走，說是手牽手，但是想當然耳，四周的人看不見陽菜。也看不見陽菜珍而重之拿著的袋子，真不可思議。但就如同袋子能交到天手中，一定也能交給舞衣。

牽著陽菜的手過平交道，平交道的對面有個大十字路口，時間已經很晚了，但車流量還很多。

等紅燈時，天偷偷地看了陽菜一眼，陽菜不曉得在想什麼，雙眼發直地盯著紅燈。

「小天。」

陽菜的聲音與車輛經過的聲音一起傳來。

「姊姊……真的已經沒事了嗎……」

她還在擔心姊姊，明明自己正處於如此嚴重的狀態。

「沒問題的，妳姊姊已經脫胎換骨了，正要靠自己的力量往前走。」

「嗯……」

天對著陽菜的側臉說：

「別誤會喔，妳姊姊絕不是不在乎妳。」

「我知道，我也很高興姊姊能放下我，為自己而活。只是想到再也見不到姊姊，不免有點寂寞。」

陽菜微微一笑，接著說：

「可我還是有點放心不下，因為就算有事，姊姊也會裝作沒事的樣子。」

天目不轉睛地凝視陽菜後，倏地撇開視線。

「妳也很愛操心呢……」

眼前的號誌變成綠燈。

「但妳真的不用擔心，我會保護舞衣姊。」

「咦……」

「舞衣姊的笑容由我來守護。」

陽菜一臉難以置信地猛眨眼，天突然覺得很難為情，忍不住粗聲粗氣地說：

「喂，妳那是什麼表情！是妳要我保護她的吧！」

「嗯。」

陽菜露出如釋重負的微笑，用力回握天抓住她的手。

「小天，我不在了以後，你也要偶爾想起我喔。」

「像妳這種人，我就算想忘也忘不了。」

「哈哈哈，說的也是。可是啊，小天接下來的人生還很長，還會遇見很多人吧？既然如此，可能會忘記我這個幽靈。」

天默不作聲地看著陽菜，陽菜的身體雖然透明，唯有一雙大眼睛直直地盯著天不放。

怎麼可能忘記這個為了重要的人拚盡全力的傢伙嘛。

「……我絕對不會忘記妳喔。」

天不由自主地起誓，一旁的陽菜突然眉頭深鎖，露出又是悲傷、又是寂寞、又是後悔……各種無法處理的情緒全部交織在一起的表情。

天定定地看著陽菜的臉，對她說：

「我絕不會忘記陽菜。」

陽菜又慢慢地眨了一下眼，露出平常燦爛到不行的笑容。

「別那樣看我啦，你可不能愛上我喔。」

「誰會愛上妳呀！我也是有選擇的好嗎？」

陽菜笑得麗似夏花。

「謝謝你，小天。」

天摸摸鼻子，別過臉。

「小天果然是我的天使。」

陽菜的聲音沁入心脾地縈繞在內心深處。

穿過公園，往住宅區再走一段路，就能看見舞衣的家，今天屋裡也沒開燈。舞衣在家嗎？舞衣的父母大概也在吧。

天想起大約一週前在舞衣身上看到的白色繃帶，緊張地嚥了嚥口水。

他推開門，穿過小院落，按下玄關的門鈴。

「……舞衣姊？」

天小聲呼喚，但顯然沒人要來應門的跡象，心想舞衣可能不在家，正要再按一次門鈴時，門發出「卡嚓」一聲開了。

「啊……」

舞衣的父親站在天面前，上次在公園裡見過，所以天認得出來。

「你是誰？」

舞衣的父親怒視著天，以低沉的聲音質問，他當然看不見陽菜。天連忙立正站好。

「啊，我姓富樫。請問舞衣姊在家嗎？」

天盡可能以冷靜的語氣問道，舞衣的父親瞪他的眼神更凌厲了。

「舞衣不在，那丫頭想拋棄父母。」

身旁的陽菜抖了一下，大概是被父親形容姊姊的言詞嚇到了。

看到眼前的景象，天忍無可忍地對她父親說：

「您誤會了，舞衣姊搬出去並不是想拋棄父母。」

「你這小子……」

「舞衣姊一直很擔心你們，絕對沒有要拋棄你們的意思。」

「少囉嗦！你突然找上門來胡說什麼！滾出去！」

父親破口大罵，揪住天的衣領。貌似母親的人從屋裡出來，但什麼也沒做，只是茫然地看著玄關發生的爭執。

天任由舞衣的父親拎著，懇切地對兩人說：

「就是因為你們這樣……」

「你說什麼！」

父親咆哮，一副就要揍人的樣子，身上充滿酒臭味。

陽菜死的時候，舞衣還是高中生，明明應該和家人抱頭痛哭，一起熬過失去陽菜的悲傷，她卻一直和這個動不動就發酒瘋的父親與顯然無意阻止父親動粗的母親一起生活。

「請二位也稍微想一下舞衣姊的心情！二位都是大人了，怎麼還這麼幼稚！」

「你這小子……」

父親掄起拳頭。要挨打了。

做好心理準備的瞬間，父親的拳頭停在半空中——不對，是被陽菜制止了。

「怎麼回事……？」

父親扭頭張望，他的拳頭停在半空中。只見陽菜咬緊牙關，抓住父親的手。

出了什麼事？幽靈應該只能碰到看得見幽靈的人才對，換言之，陽菜應該沒辦法抓住父親的手。

大概是陽菜強烈的意念讓她發揮出超乎尋常的力量。

天用力地握緊拳頭，小聲地說：

「陽菜……在這裡。」

聽到天的說詞，陽菜的父母臉色大變。

「是陽菜抓住您的手。」

「什麼……」

父親目光呆滯地看著自己的手，陽菜放開父親不再使勁的手。

「請你們也體諒一下陽菜的心情。」

陽菜在父親面前低垂螓首，似是悲傷，又似寂寞。

「陽菜……太可憐了。」

母親踩著震天價響的腳步聲衝向天。

「你說陽菜在這裡？她真的在這裡嗎？」

「真的。」

「陽菜，妳在哪裡？陽菜！」

母親方寸大亂地東張西望，但她也看不見陽菜。

陽菜靜靜地伸手抱緊母親的身體，以非常輕柔的動作。

「她現在正緊緊地抱著妳。」

「咦……」

母親驚慌失措地僵住不動，陽菜抱著母親，但母親大概感受不到她的存在吧。

「陽菜？」

父親也步履蹣跚地走過來，陽菜伸手握住父親的手。

「她也握住伯父的手。」

父親不可置信地看著自己的手，剛才的觸感似乎已經消失了。

「爸爸，媽媽，再見。」

「陽菜……？」

母親輕聲呼喚，父親也露出茫然的表情。

即使看不見也聽不見，或許還是能感受到什麼。

陽菜放開他們，兩人彷彿被施了緊箍咒，動彈不得。

「請不要再讓陽菜和舞衣姊傷心了，求求你們。」

天向陽菜的父母低頭懇求，陽菜站在一旁。

「你……到底是什麼人？」

天抬起頭來，父親嘀咕著質問他，母親也目不轉睛地凝視天的臉。

天什麼也沒說，又鞠了一個躬，離開舞衣家。

「小天？」

走出舞衣家，天大步流星地往公園前進，陽菜腳步虛浮地跟在後面。

「小天，你怎麼了？喂……」

耳邊傳來陽菜的叫聲，走進公園的天停下腳步，回頭對陽菜說：

「抱歉！」

「咦？」

天對陽菜鞠了個九十度的躬。

「我沒打算對妳爸媽說那種話，但還是忍不住……抱歉！」

「小天……」

「我根本不懂父母痛失愛女的心情……卻還自以為是地滔滔不絕……唉，我到底在做什麼呀！」

陽菜拚命搖頭。

「小天說的沒錯喔，你是為了保護姊姊。」

天搔搔頭，望向陽菜。

「也是為了我……我很高興喔。」

陽菜對天微笑，但她的身影越來越模糊，再過不久，她就要消失了。

「我去找舞衣姊。」

天自言自語。陽菜抓住他的手，把要給舞衣的禮物放入他手中。

「小天，請你幫我把這個交給姊姊。」

「妳說什麼呀……」

「我好像已經不行了，走不動了。」

陽菜說道，在泫然欲泣的臉上擠出笑容，握住天的手幾乎已經變得透明。

陽菜想起遺忘的事，應該可以成佛了，無奈還有心願未了。

「不行，這個一定要由妳親手交給舞衣姊。」

天不由分說地把裝了禮物的袋子塞回陽菜懷裡。

「小天……」

「別發出那麼沒出息的聲音，太不像妳了，妳得像平常那樣，笑得沒心沒肺才行。」

天緊緊地握住陽菜就快要消失的手，但已經抓不住她存在的觸感了。

「陽菜，再堅持一下……」

天擁陽菜入懷。

「我一定會馬上找到妳姊姊……所以……」

陽菜在天懷中噗哧一笑。

「你這個人好奇怪呀，明明不想跟幽靈扯上關係。」

「妳不也是嗎？明明還放狠話說我如果不幫妳，妳就要詛咒我。」

「也發生過這種事呢，可是那天，我與小天的相遇並不是偶然喔。」

陽菜的聲音彷彿從遠處傳來，這時，天恍然大悟。

「果然……是這樣啊。」

天抱著陽菜，自言自語。

「我出車禍那天，對我說『不可以過來』的人……果然是陽菜吧？」

陽菜微微頷首。

「嗯，沒錯，我也想起來了。」

那時三個人同時發生車禍，徘徊在鬼門關前。

「黑暗中，我看見有個男孩子往發光的方向走，那個人肯定就是拓實同學，他不一會兒就消失在那片光裡。」

陽菜語氣輕輕，傳入天的耳朵。

「我好害怕，轉身想逃走時，發現有另一個男孩朝這邊走來……所以我警告他『不可以過來』。」

「要不是有妳，我早就死了。」

和拓實一起——

陽菜深深嘆息。

「太好了，我救了天的命。」

天更用力地抱緊陽菜的身體，感覺就像抱住空氣，輕飄飄的，好不真實。

幽靈都很自我中心，只會給人添麻煩。他明明不想跟幽靈扯上任何關係……如今卻想待在陽菜身邊，多一刻是一刻。

明明這是不可能實現的奢望——

「小天？」

熟悉的聲音令心臟漏跳一拍，天放開陽菜的身體，回頭看。

路燈影影綽綽地照亮兒童廣場，舞衣從鞦韆上站起來的身影映入眼簾。

「姊姊……」

陽菜喃喃自語。

「走吧，把這個交給她。」

天拖著陽菜的手。

「不行啦，我已經動不了了。」

「既然如此。」

天一把抱起陽菜的身體，好輕，果然跟空氣一樣。

「小、小天？你做什麼！」

「直接抱妳過去。」

「不要啦！好害羞！這可是公主抱喔！」

「反正妳姊姊又看不見。」

原本大聲抗議的陽菜安靜下來，低頭一看，原本人小鬼大的臉變得紅通通。搞得他也不好意思起來了，天故意不懷好意地說：

「不好好抓緊的話，可是會掉下去喔。」

陽菜提心吊膽地輕觸天的肩膀，她的手好冰涼，微微顫抖，視線不知所措地游移了半晌後，緊緊地抓住天的身體。

身穿全新的水手服，在天面前總是表現得神采奕奕，但是變成幽靈，到處彷徨的那段期間，這個小女生該有多傷心、多害怕呀。

壁咚也好，公主抱也行，凡是陽菜想嘗試的事，天都想為她做到。

天用力抱緊陽菜，走到舞衣跟前。

「小天……」

耳邊傳來陽菜感慨萬千的聲音。

「我果然很幸運。」

天專心聽陽菜說話。

「我能遇見小天真是太幸運了。」

不冷不熱的空氣中，天長嘆一聲，悶聲不響地走到舞衣跟前。舞衣也無言地站在鞦韆旁。

「天同學……」

走到舞衣面前，天輕輕地放下陽菜，冷冰冰的觸感從手中消失。

「我找了妳好久。」
「咦……」
「和陽菜一起。」
舞衣的臉色變了。
「陽菜……也在這裡嗎？」
「嗯，在喔。」
天回答，推了陽菜一把——應該是。
「欸？」
突然看不見陽菜原本還在眼前的身影。
「騙人的吧？怎麼會……」
她不是直到前一刻都還在這裡嗎？他不是抱起陽菜的身體，帶她來這裡嗎？
怎麼不見了？消失了嗎？
「陽菜！」
天慌張大喊，結果只聽見聲音。
「小天，我在這裡喔。」
「陽菜？可是我看不見妳。」
「嗯，我好像已經不能再留在這裡了，差不多該去十字路口的老爺爺和拓實同學那裡了。」

天的胸口一陣劇痛，連呼吸都變得好困難。

「所以可以請小天幫我轉交嗎？那天我想送給姊姊的禮物。」

天極其自然地將右手伸進口袋裡，摸到理應由陽菜交給舞衣的書店袋子。

天拿出那個袋子，咬緊下唇，遞到舞衣面前。

「這是陽菜要給妳的禮物。」

舞衣睜大雙眼，顫抖著手接過。

「拖到現在才給，真對不起。」

陽菜的聲音在天耳邊響起，天一字不漏地轉告舞衣。

「她說拖到現在才給，真對不起。」

「欸……」

舞衣抬起頭來，看著天，垂落視線，臉上浮現淺淺的微笑。

「謝謝妳，陽菜，我好高興。可以打開來看嗎？」

舞衣靜靜地打開袋子，從袋子裡拿出粉紅色的書套。

「陽菜……」

舞衣喃喃自語，似乎發現了什麼。

「啊……這是……」

粉紅色的書套上沾著櫻花的花瓣，舞衣緊緊地閉上雙眼，將書套擁入懷中。
「陽菜……陽菜……謝謝妳。為了這樣的姊姊……謝謝妳啊。」
淚水順著舞衣臉龐滑落。
「我會加油的，我會在沒有陽菜的世界好好加油的，所以妳別再擔心我了。」
舞衣輕輕地睜開眼睛，張開雙手，溫柔地擁入懷中。
天已經看不見陽菜了，那陽菜肯定就在那裡，在舞衣懷裡。
「姊，謝謝妳多年來的照顧。」
耳邊傳來陽菜的聲音，天一字不漏地轉告舞衣：
「姊，謝謝妳多年來的照顧。」
舞衣哭得柔腸寸斷，放開抱緊的手。
「再見，陽菜。」
下一秒鐘，天與舞衣中間產生了淡淡的光芒。
「啊……」
天與舞衣同時驚呼。
微弱的亮光飄浮於兩人之間。
「陽菜……」

舞衣伸出雙手，光點在她的手心閃耀生輝。

天已經看不到陽菜了，陽菜變成小小的光點，去她該去的地方了，跟那個老爺爺一樣。

「小天。」

但還能聽見陽菜的聲音。

「謝謝你保護姊姊。」

小小的光點中，似乎還能看見陽菜巧笑倩兮的臉。

「小天果然是我的天使。」

彷彿有什麼東西從內心深處湧上來，天咬緊牙關，不讓那個東西滿出胸臆。

舞衣掌中的光冉冉上升，就這麼消失在夜空裡。

「陽菜！」

天最後一次喊她的名字，舞衣只是目不轉睛地仰望那束魂魄的光。

漆黑而清冷的夜晚，又一個小小的生命被吸入夜空。

「是你幫忙找到的吧。」

不曉得待了多久，兩人坐在鞦韆上仰望天空，好不容易看到膩了，舞衣終於幽幽地開口。天也收回視線，看著舞衣。

「謝謝你。真的很感謝你。」
舞衣無限愛憐地用指尖輕撫粉紅色的書套。
「妳在這裡做什麼？」
為了掩飾難為情，天扯開話題。舞衣平靜地微笑回答：
「我又和爸爸吵架了……真糟糕啊我。互相了解真是太難了，我想稍微冷靜一下，所以就來這裡發呆。」
天想起剛才見到的舞衣雙親，但願舞衣回家後，他們可以稍微有些改變。
「我找到工作了。」
舞衣的聲音在耳邊響起。
「所以我要離開這個小鎮了。」
明明已經知道了，卻怎麼也發不出聲音來。
「可是我啊，並不是想拋棄家人，只是想稍微拉開一點距離，再慢慢靠近。」
天默不作聲地點頭。
「我能這麼想，都是拜你所賜。」
「不是我，是陽菜的功勞……」
天好不容易從聲帶擠出聲音來說道，舞衣對他嫣然一笑。

「說的也是，是陽菜的功勞。」

舞衣輕盈地踹了一下地面，盪起鞦韆來，鐵鍊生鏽的聲音迴盪在只有他們兩個人的公園裡。

「已經死掉的人……會上哪兒去呢。」

天低頭看著停在原地的腳尖，自言自語。

「變成像剛才那樣的光束，升上天空吧，去天國……嗎？」

「可是生者卻對著墳墓跟死者說話。」

舞衣盪著鞦韆回答。

「還有牌位。」

「還會在十字路口供花。」

「搞得我眼花撩亂……到底會去哪裡呢？」

天抱頭苦思，風吹亂了舞衣的頭髮，舞衣回答：

「等輪到我們的時候，自然就知道了。」

天揚起臉來看舞衣，舞衣面向前方，盪著鞦韆。

「說的也是……」

天喃喃自語，踹向地面。

「那個……」

天跟舞衣一起盪著鞦韆說。

「在妳搬家前，我有個請求。」

「什麼請求？」

舞衣望向天，每盪一下鞦韆，舞衣的髮絲就迎風飛揚。

「我想去給拓實掃墓……妳願意陪我去嗎？」

天說到這裡，使勁盪起鞦韆。

至今還不曾給拓實掃過墓，因為他無論如何都無法接受拓實已經不在的事實，感覺去給拓實掃墓的話，等於不得不面對這個事實。

他很害怕要在沒有拓實的世界活下去。

「我不知道拓實去了哪裡……但我想墓地應該是機率最大的地方。」

舞衣在身旁噗哧一笑。

「好啊。」

舞衣的聲音滲入天的內心最深處。

「我陪你去。」

天緊緊地握住鞦韆的鐵鍊，就像小時候那樣，盪得高高地，高到幾乎要碰到天空。

第四章

兩人一起前進

「哎呀，你起得好早啊，不是今天開始放春假嗎？」

天在客廳吃父母為他準備的早餐時，剛起床的母親問他。今天的菜色是昨天剩下的串燒。

從天無視母親的擔心，拖著感冒的病體出門那天起，母親有好一陣子不跟他說話。可以感覺得出來那是母親無言的抗議，過了一段尷尬的時光，最近母親的心情終於變好了。

他還是沒告訴母親自己看得到幽靈的事，想也知道說了只會徒增母親沒必要的操心。

「嗯，我出去一下。」

天邊扒飯邊回答。母親上下打量天的服裝。

「嘿，真難得，和舞衣約會嗎？」

「才不是。」

不過要和舞衣出門是真的，今天他們要搭電車去給拓實掃墓，因為明天以後，舞衣就要離開這個城市了。

「那個……」

天放下筷子，面向母親說。母親還穿著睡衣，邊爬梳睡亂的頭髮，邊看著天。

「我已經十八歲了，不要永遠當我是小孩，那麼擔心啦。」

母親爬梳頭髮的手停在半空中。

「別看我這樣，我也有我的想法喔。我不會糟蹋自己的生命，所以妳放心吧。」

「人小鬼大。」

天丟下一句「我吃飽了」站起來。

「啊，還有。」

天邊把吃完的碗筷拿進廚房邊說。

「妳每天工作到那麼晚，不用為了我特地早起啦，多睡一點。」

「好好好，我知道了。」

看到母親嘴角上揚，天從後門出去。

「我出門了。」

母親與往常無異的聲音在天耳邊響起：

「路上小心。」

走到車站，舞衣已經先到了，她看到天後，朝他招手。

粉紅色的外套、飄逸的長裙，妝容也是淡淡的櫻花色，平常總是紮成一束的頭髮輕盈地垂在肩上，迎風搖曳，圓潤的額頭有如孩子般光滑。

她是不是……比平常還要可愛啊？難不成……

腦海中頓時掠過這個念頭，天搖搖頭。他們可不是要去約會。天很想揍自己一拳，居然懷疑舞衣該不會是特地為自己打扮漂亮吧。

「早安，天同學。」

「早、早啊。」

舞衣對他嫣然一笑，令天心猿意馬。

「謝謝妳……今天願意陪我去掃墓，妳明天還要搬家吧。」

「欸，討厭啦，這麼正經八百的……你好奇怪。」

她的語氣跟陽菜一模一樣。

「快走吧，電車來了。」

「啊，嗯。」

舞衣走向驗票閘門，天連忙跟上。

天與舞衣一起跳上電車，前往拓實家人搬去的城市。墓地的位置是天去找隼人，向他打聽出來的，隼人看到突然來訪的天，嚇了一跳，但隨即告訴他墓園的名稱和墓地的位置，以及拓實家的地址。

「你自己去嗎？」

隼人問他。天回答「跟朋友一起」。

「這樣啊，注意安全喔。」

「嗯……謝啦。」

天只回以這麼一句，與隼人揮手道別。可是回到家，他便決定一定要再去找隼人，因為他覺得自己肯定能與隼人重修舊好，跟以前一樣無話不談。

搭乘兩小時的電車，再換車，又坐了一個小時，下車後還要再轉公車，繼續跋涉三十分鐘，好不容易抵達面積大到有如公園般的墓園。

「好美的地方啊。」

舞衣眺望四周的風景說。視野開闊的腹地覆蓋著草皮，種了五顏六色的花。

「要去買花嗎？」

看到墓園入口有人在賣花，舞衣問天。但天無法回答，一想到拓實的墓在這裡面，他就突然邁不開腳步。

「你還好嗎？」

舞衣觀察他的表情。膽小如鼠的自己令天感到十分窩囊，下意識地撇開視線。舞衣溫柔地握住他的手。

「你還有我喔。」

聽見舞衣的聲音，天往旁邊看，舞衣正以平穩的表情看著他。

「小天也需要願意保護你的人呢。」

不知怎地，感覺好像聽到陽菜的聲音。

願意保護自己的人——天直勾勾地看著舞衣的臉，舞衣有些莫名其妙地微側螓首。

或許可以依賴這個人。

難過的話就說難過、害怕的話就說害怕，或許什麼都可以告訴她。

「那個……」

「什麼？」

「我要買花。」

舞衣微笑，點頭。

「嗯，就這麼辦。」

天把花供在拓實的墳前，點燃線香，與舞衣一起合掌默禱。

整個過程中，他都在思考拓實是否在這裡。
天睜開雙眼，與看著他的舞衣四目相交。
「我先去公車站等你。」
「咦？」
「你跟拓實同學好好聊聊。」
舞衣說道，微微一笑。
「我想無論拓實同學在哪裡，一定都能聽見你的聲音。」
舞衣拍拍他的肩膀，轉身走開。天目送她的背影離去，重新面向眼前的墓碑，對墓碑說話實在很害羞，但天仍小小聲地說：
「拓實……」
支支吾吾的聲音與線香的煙一起裊裊上升。
「我總算來了。」
沒錯，總算，花了四年才來到這裡。
「那天……我說我不要你給我的書套，真的很對不起。」
感覺以前跟自己不相上下的兒時玩伴拋下自己變得成熟了，所以很不甘心，明明產生這種想法的瞬間，自己就已經輸給拓實了。
「可是你早就知道了吧？知道我會說『我才不要這種東西』。」

明知如此，還是帶去給他，拓實果然很成熟。

「拓實，我已經放棄每天喝一公升牛奶的計畫了。」

與舞衣一起買的白花在墓碑前迎風搖曳。

「因為我已經長得夠高了。」

回想小學在走廊上比身高的事，從一年級到六年級，兩人的身高都在伯仲之間。

「可以吧？拓實，我可以不用再喝牛奶吧。」

當然沒有回答。

「拓實不在了以後……已經沒有必要再較勁了。」

拓實不在了，他不想意識到這件事，但現實就是如此。

從今以後，必須在沒有拓實的世界活下去。

「我只是想告訴你這件事。」

那天的約定，就在這裡結束吧。

直到某天重逢，再來較量誰比較高。

「大概會是我贏吧。」

天在墓碑前自然而然地笑出來，口中念念有詞「改天見」，轉身離去。

拓實在這裡嗎？不，應該不在這裡吧。

他不可能一個人孤零零地留在這裡。

天仰望天空，碧藍如洗的天空飄浮著雪白的雲朵。

「你到底在哪裡呢……」

等到重逢的那天，答案就會揭曉了。

天與在公車站等他的舞衣會合，跳上剛好迎面而來的公車，不知道該說什麼，幾乎一路上都相對無言。

車站前的迴轉道對面有一家小巧的咖啡廳和便利商店，除此之外看不到什麼店，也沒有天住的小鎮那種商店街。

隼人告訴他，只要沿著這條車站前的路直走，就能走到拓實父母開的書店。

「接下來呢？」

舞衣問身旁的天。

「要去拓實同學……的家嗎？」

今天已經做好來掃墓的覺悟，卻還沒有做好要去見拓實父母的心理準備。

「阿姨說……她也想見見小天。」

隼人是這麼說的。

阿姨大概是真心想見自己吧，但自己真的可以去看她嗎？去見她會比較好嗎？

重點是，自己有去見她的勇氣嗎？自己想見她嗎？

內心千迴百轉，心情變得很差。

「你想去的時候再去吧，如果今天沒有意願，改天再來就好了。」

舞衣窺探天的表情說。

「我也……不是很確定……」

天喃喃自語，抬起頭來。

「舞衣姊，我想拜託妳一件事！」

「請說！」

舞衣突然擺正姿勢，天目不轉睛地看著舞衣的臉說：

「請推我一把……讓我有勇氣去拓實家！」

舞衣以真摯的表情點頭答應，繞到天背後，用力地推了他一把。

「哇啊！」

天失去平衡，整個人往前撲，在人行道上前進了兩、三步。

「好、好危險吶！」

「咦？可是明明是你要我推你一把。」

「我不是這個意思啦！我是要妳為我加油！」

舞衣目瞪口呆地愣在當場後，笑逐顏開。

「什麼嘛，原來是這個意思啊，我真傻。」

舞衣笑個不停。看到舞衣的笑臉，天無言以對。

這個人真的好單純，太搞笑了，他也跟著笑起來。

「天同學？」

舞衣突然看著天說。

「這是我第一次看到你笑的樣子。」

「是嗎？」

天不禁呆頭呆腦地反問。

「我笑了嗎？」

「你笑了喔。」

舞衣又笑得花枝亂顫。

自從那天起，他不曾想笑過。

每天都了無生趣，再加上車禍的影響，表情無法收放自如。

所以他大概一次也沒笑過——

「你的笑容很可愛喔。」

「什麼？」

「很可愛，你應該多笑一點。」

「別尋我開心。」

「啊，你害羞了，好可愛。」

她該不會真的在尋自己開心吧。

「夠了！我自己去，妳在這裡等我！」

舞衣有一瞬間露出詫異的表情，隨即溫婉微笑。

「嗯，你慢慢來，我去那家咖啡廳等你。」

舞衣瀟灑揮手，頭也不回地走進那家小巧的咖啡廳。

「啊……」

天發出自悔失言的叫聲。自己怎麼會那麼說呢？說錯了吧，他想說的明明是「請跟我一起去」吧。

「啊——我這個大笨蛋……」

天抱著頭吶喊，下定決心。

好，上吧。

往陌生的街道跨出沉甸甸的一步，拜舞衣推他一把所賜，接下來的腳步不可思議地輕盈。

如隼人所說，沿著車站前的路一直走，沒多久就看到書店了。

小而美的書店與開在商店街的時候幾無二致，這家店肯定就是拓實爸媽開的書店吧。

天放下心中大石，拓實的家人搬離商店街後仍經營書店的事實令他感到如釋重負。

這時有個女人從店裡走出來，把陳列在店頭的雜誌擺放整齊，正要回店內時，發現天站在馬路對面。

「啊……」

兩人同時驚呼，女人在呆站著不動的天面前停頓一拍，以熟悉的聲音喊天的名字：

「小天。」

此人正是拓實的母親。

「您好……」

天的聲音卡在喉嚨裡，拓實的母親露出帶淚的微笑，全心全意地招手叫他過去，然後轉向店內，大聲叫嚷：

「孩子的爸！是小天！小天來了！」

天不知該如何自處，呆站在原地不動，拓實的母親衝過來，不由分說地推著他往前走。

「進來坐坐，好嗎？」

「嗯……好。」

「你長大了，但我還是一眼就認出你來了。」

天無法直視拓實母親的臉。

客廳裡設置著拓實的牌位。

「你願意給他上炷香嗎？」

拓實的母親說道，天在牌位前雙手合十默禱。

拓實在這裡嗎？天無從得知，但是留在這裡的話，至少是在父母身邊，應該不會寂寞吧。

離開牌位前，拓實的父母圍著茶几而坐，要他坐在座墊上喝茶。

「不好意思，突然上門打擾……」

「不會喔，小天願意來，我很高興喔。是不是？孩子的爸。」

「對呀。」

拓實的父親戴著眼鏡，看起來很木訥，瞇著眼睛說。感覺很和藹可親的母親也微笑附和。

感覺跟四年前沒什麼不同，但又覺得恍若隔世。

哦，對了，兩人都比以前瘦很多，白髮也增加了。

「前陣子啊，隼人同學也來過。」

「啊，嗯，我知道。」

「大家都變成玉樹臨風的高中生了，嚇我一大跳。」

母親說道。拓實在她背後的照片中微笑，身上穿著國中制服。

「哦，那張照片啊，是開學那天早上拍的照片，做夢也沒想到會變成遺照。」

天不曉得該說什麼才好，低頭看著握緊在膝蓋上的拳頭。

「只有拓實……永遠停留在國中一年級的模樣。」

「孩子的媽。」

在父親的提醒下，母親連忙擠出笑容。

「啊，抱歉，你不想聽到這些感傷的話題吧。不如你說點自己的事給我們聽，你爸媽還好嗎？還在商店街開店嗎？」

「對呀，還在開店。」

「好懷念那條商店街啊，大家都跟以前一樣嗎？」

「都跟以前一樣喔。」

「這樣啊，小天呢？學校開心嗎？」

「還好……」

「有女朋友嗎？」

「沒有。」

「哎呀，沒有啊？高中是最快樂的時期，一定要盡情享受喔。」

停頓了半晌，母親補上一句：

「不要覺得對不起拓實喔。」

天低著頭，更用力地握緊拳頭，手在膝蓋上顫抖。

「我……」

就連好不容易從聲帶裡擠出來的聲音也微微顫抖。

「我很寂寞。」

知道拓實的父母正看著自己。

「拓實不在了……我很寂寞。」

經過那個十字路口的時候，經過商店街的時候，喝牛奶的時候，穿著制服的時候，上學的時候，每次都會想起，要是拓實還在就好了。

不是因為覺得對不起拓實，他也確實走在自己選擇的路上。

只不過……只不過……還是很寂寞。

耳邊傳來拓實母親啜泣的聲音，父親站起來，拍拍天的肩膀。

「謝謝你沒有忘記拓實。」

沒錯，不用忘記也沒關係，不用忘記拓實也沒關係。

天慢慢地抬起頭來，拓實的父親陪在哭泣的母親身邊，摩挲她的背。

這兩個人，還有陽菜的父母和舞衣……大家都懷抱著相同的寂寞活下去。

「不好意思啊，小天。」

拓實的母親哭得雙眼通紅，勉強擠出笑容。拓實的父親送天到店門口，站在他背後說：

「請代我們問候你爸媽。」

「好的。」

「路上小心喔。」

「好的，謝謝你們。」

「還要再來喔，下次跟隼人同學他們一起來。」

天回答「好的」，頭低低地往前走，拓實的父母一直站在店門口目送他離開。

回到車站前，從咖啡廳的窗口往內看，發現舞衣坐在靠窗的座位發呆。天敲了敲玻璃，舞衣連忙一口氣喝完咖啡，在櫃台付完錢，走出店外。

「天同學。」

「妳不用急著出來啊，我也想去裡面喝杯咖啡。」

「欸，抱歉，那我們再進去一次？」

舞衣驚慌失措地指著那家店。

「騙妳的啦，不用，我在拓實家喝過茶了。」

「害我虛驚一場，可惡！」

見舞衣嘟著嘴埋怨，天噗哧一笑。

「啊，你笑我！」

「我沒有。」

「你笑了！而且是看著我的臉笑了！沒禮貌！」

天不理舞衣的抗議，走向車站。舞衣跟在他後面。

「啊。」

兩人在車站旁停下腳步，因為車站旁邊有一棵巨大的櫻花樹，已經開了幾朵花。

「櫻花開始綻放了。」

舞衣仰望櫻花樹說道。天也凝視那棵樹綻放的櫻花。

「已經到了這個季節了啊。」

然而，回想起來的還是國中開學典禮那天，落櫻繽紛的景色浮現在天的腦海。

那天，拓實和陽菜死了，那兩個人已經不在這個世界上了。

接下來的人生恐怕會比過去的人生還長，天將繼續活在沒有那兩個人的世界裡。

「舞衣姊……」

天回頭看舞衣，舞衣不明所以地側著頭。

「妳是明天搬家吧？」

「啊，嗯，對呀。」

舞衣在天面前靜靜地微笑。

「以後再也見不到你了，好捨不得啊。」

「我也很捨不得舞衣姊。」

天伸出手，環抱舞衣的身體。

「天同學？」

「好捨不得啊……」

發出嘶啞的聲音同時，淚水也莫名其妙地一起掉下來。那場車禍後，他一滴眼淚也沒掉過，如今卻完全止不住。

「天同學……」

舞衣的手笨拙地繞到天背後，緊緊地環抱住他顫抖的背。

「哭出來吧。」

耳邊傳來舞衣的低語。

「一直忍著不哭的話，就無法打從心底笑出來了。」

等等，這是我媽的台詞。

天想反擊，卻只發出詭異的哽咽，只好像個孩子似的，泣不成聲。

天哭著抱緊舞衣，舞衣的身體好溫暖。

哭過以後，是不是就能笑得更自然一點，是不是就能笑著送舞衣離開呢？

天在剛開花的櫻花樹下思考這些問題。

回程的電車很空曠，兩人並肩找空位坐下，天長嘆一聲。

「累啦？」

舞衣看著他的臉問道。

窗外的天色已經暗下來了，在車站前不顧其他人的眼光大哭一場後，又回到咖啡廳休息一下，冷靜下來已經是這個時間了。

「今天……讓妳陪了我一整天，真不好意思。」

「你在說什麼呀。」

舞衣莞爾一笑。

「今天陪你來真是太好了，一次看到小天的哭臉和笑臉，感覺賺到了。」

曾經何時，舞衣對他的稱呼從「天同學」變成「小天」了。

天吐出一口大氣，真的累了。他閉上雙眼，靠在椅背上，耳邊傳來舞衣的聲音。

「睡一下吧，到了我再叫你。」

今天發生的事、昨天以前的回憶、接下來的問題，明明還有很多話要跟舞衣說，但他現在什麼都不想思考。

天閉著眼睛，靜靜地打起盹來，脖子一歪，頭便靠在舞衣的肩膀上。舞衣溫暖的手悄悄地放在天置於膝頭的手上。

電車規律的搖晃令人昏昏欲睡，天做了一個夢。

與拓實在南口的公園站著盪鞦韆，拓實依舊是天真無邪的小學生，但是不知怎麼搞的，天卻穿著高中的制服。

「天！我們來比賽！看誰盪得高。」

「好啊！」

天知道自己在做夢，明知是夢一場，天還是答應了。因為就算是做夢，他也想和拓實在一起。

「反正一定是我贏。」

「你才贏不了我。」

老舊的鞦韆發出「嘰——嘰——」的噪音，風揚起他的劉海，天笑瞇了眼。

天好藍，好近，近到彷彿伸手就能摸到。

「啊……」

這時，天發現有個女孩站在自己面前。

「妳是……」

天放慢盪鞦韆的速度，那是個黑髮剪成妹妹頭的國小女生。

「陽菜？」

女孩對天的呼喚微微一笑，這孩子是小學生的陽菜。天用腳踩住地面，停下鞦韆。

「妳也要玩嗎？」

「我不要，好可怕。」

「不可怕喔。」

但陽菜只是微笑著搖頭拒絕。

「別怕，真的不可怕喔，來我這邊。」

天伸出手，陽菜依舊抵死不從，對天說：

「抱歉，我不能過去。」

定睛一看，拓實曾幾何時站在陽菜旁邊。

「拓實？」

「抱歉啊，天，我們得走了。」

「我們……」

「小天不可以過來喔。」

陽菜和拓實手牽手，天只能默默地盯著他們看。

「那，再見了，天。」

「後會有期，小天。」

天坐在鞦韆上，對朝自己揮手的兩人說：

「嗯，改天見。」

兩人的身影消失了，天站在鞦韆上，又開始擺盪。

四周圍只剩下一人份的「嘰——嘰——」聲，拓實已經不在身邊，天把鞦韆盪得高高的。

這時，感覺生鏽的聲音變成雙倍，往旁邊看過去，有人坐在鞦韆上。

「咦……」

髮絲迎風飄揚，裙襬也迎風飄揚，與天一樣站著盪鞦韆的人正看著自己。

「舞衣姊？」

舞衣嫣然一笑，盪得更高了，彷彿要被藍天吸進去，高一點、再高一點——

「看我的……」

天也不甘示弱地加快速度，鐵鍊生鏽的噪音響徹雲霄，強勁的風打在臉上。

「我可不會輸給你。」

「我也不會輸。」

兩人像孩子似的互不相讓地盪鞦韆，感覺天空越來越近。

啊，對了，他不是一個人。

「高中是最快樂的時期，一定要盡情享受喔。」

遠處傳來拓實母親的聲音。

天使出吃奶的力氣，和舞衣一起盪鞦韆。

強風不知從哪裡吹來一片櫻花的花瓣。

身體劇烈地搖晃了一下，天睜開雙眼。

電車發出「匡噹、匡噹」的規律聲響，繼續飛馳，窗外已經一片漆黑了。

「這裡是……」

望向身旁的舞衣，她也靠著天的身體，睡得極為香甜。

還說到了要叫他呢，自己卻睡著了，這個人怎麼回事。

天傻眼地微笑，望向手邊，舞衣的手還覆蓋在天手上。

「算了……」

天輕輕地握住舞衣放在自己手上的手，又閉上雙眼。

萬一坐過站也沒關係，就這樣去到天涯海角也沒關係。

未來的事晚點再想也不遲，因為人生還很漫長。

從四樓社會課教室的窗戶看出去，可以將春風吹過的操場盡收眼底。

新學期剛開始的放學後，天低頭眺望吆喝著跑步的運動社團成員和被風吹落的櫻花瓣。

手機在口袋裡震動，天把視線從窗外拉回來，看了通訊軟體一眼，原來是收到訊息了。他迅速回覆的同時，不經意瞥向「朋友」的欄位。

「小天，拿出你的手機來，把我登錄為好友。」

那天，他明明將「陽菜」輸入到通訊錄，但那個帳號不曉得什麼時候消失了。

沒有再收到陽菜傳來的訊息，當然也不可能傳訊息給她，這不是廢話嘛。

除此之外，天還注意到一件事。

最近他都沒有在鎮上看到幽靈了，大概是春假去給拓實掃墓之後就沒再看到了。幽靈不太可能從鎮上絕跡，所以天認為自己已經失去看見幽靈的能力了。

太好了，這真是太好了——應該是這樣的。

假如還有為了找回遺忘的記憶而在這世界徘徊的幽靈……那些幽靈能順利地投胎轉世嗎？

「不過，這也不是我該煩惱的問題。」

除了天以外，應該還有其他人看得到幽靈。不要緊，萬物都會自己找到出路。

天呼出一口氣，把手機塞回口袋，教室的拉門靜靜地開啟。

「啊！」

「你在啊？」

蟹老走進來。他明明已經在三月退休了。

「老師？你怎麼來了？」

「我來拿忘記帶走的東西。倒是你，富樫，你在這裡做什麼？」

還能做什麼……不就打發時間嗎？

待在教室裡依舊令他如坐針氈，如今也不用再每天去便利商店買牛奶，但他今天晚點與人有約，所以先在這裡打發時間。

「沒什麼，自然而然就在這裡了。」

「這樣啊，自然而然就在這裡啦。」

蟹老露出老好人的笑容，逕自走進後面的準備室。他在那裡窸窸窣窣地不曉得做些什麼，好半晌才自言自語地說：「找到了，找到了。」又回到教室裡。

「找到忘記帶走的東西啦？」

「托你的福，還找到這個，給你喝。」

蟹老把看起來很艱深的書收進皮包裡，在桌上放下一盒牛奶。天看到牛奶，眉頭一皺。

「別擔心，還沒有過期。」
「是噢，那我不客氣了。」
看天一臉倒胃口地插入吸管，蟹老「嘿咻！」一聲坐在前面的椅子上。
「如何？最近有沒有什麼特別的事情發生？」
「完全沒有。」
「這樣啊，向你喜歡的人表白了嗎？」
蟹老的問題害天差點噴出嘴裡的牛奶。
「嗄？」
「你上次不是說過嗎？該怎麼讓對方相信自己？而我的答案是只能鍥而不捨地表達。」
蟹老笑呵呵地向天邀功，天把牛奶盒放在桌上。
「但我可沒說對方是我喜歡的人，所以也不是表白。」
「哦，是嗎？所以呢，那個人相信你了嗎？」
天在蟹老面前點頭。
「嗯。」
「這樣啊，這樣啊，那真是太好了，加油。」
蟹老拍了天的肩膀一下，又喊了一聲「嘿咻！」站起來。

「最近腰好痛啊。」

蟹老提起皮包，笑咪咪地正要走出教室時，天情不自禁地站起來說：

「老師！」

蟹老慢條斯理地轉過頭來。

「請多保重！」

音量大到自己也嚇一跳，蟹老笑得眼睛都看不見了。

「你也要保重喔，人只要健康活著就什麼都做得到，因為你們的未來還很長。」

蟹老豪邁地哈哈大笑，走出教室。天一屁股坐回椅子上，咬著吸管望向窗外。

足球社的人正在操場上踢球，一陣強風吹過，捲起了風沙與櫻花瓣。

口袋裡的手機又震動起來，天點開螢幕，是舞衣傳來的訊息。

「大概五點會到車站」

天迅速地回了一句「了解」，邊喝牛奶邊站起來，背著書包，走出教室。

只要從離學校最近的車站搭乘四點三十八分的電車，五點就能抵達離天的家最近的車站，應該可以剛好碰到從反方向搭電車來的舞衣。

舞衣搬走後，今天是第一次回來，明天不用上班，所以回老家處理一些剩餘的手續。

天是三天前收到這個訊息，舞衣說回家前想先去「富樫居酒屋」一趟，所以這幾天，天的心情一直很浮躁。

抵達車站，踏上月台時，反方向的電車還沒來。不料有人用很是懷念的聲音從約好的驗票閘門對面呼喚他的名字。

「小天！」

「咦？」

舞衣正在驗票閘門外朝他招手，天連忙走出驗票閘門。

「怎麼這麼快。」

「嗯，因為轉車的時候好像來得及趕上前一班電車，所以我狂奔著跳上去了。」

舞衣露出有點惡作劇得逞的表情，慧黠一笑。

早知道就早點來了，根本沒必要在學校打發時間。

「好久不見了，小天，你一點也沒變耶。」

「這不是廢話嗎？才經過兩個禮拜。」

「是已經過了兩個禮拜喔。我搬到新的城市、住進新的房子、開始新的工作，變化太大了，令我頭昏眼花。」

這麼說來，舞衣的妝容確實濃了點，身上的衣服也比以前花稍。

在比這裡更有都會氣息的城市展開新生活，舞衣正逐漸蛻變，留下一成不變的天在這個一成不變的小鎮裡。

「回到這裡真讓人放鬆啊。」

舞衣靜靜地微笑說道。

「雖然有很多痛苦的事，但珍貴的回憶也不少。」

天同意舞衣的感想，天如果有朝一日離開這個小鎮的話，也會有這種想法嗎？

「啊，對了，趁我還沒有忘記，先把這個給你。」

兩人避開人潮，走到路邊，舞衣從皮包拿出一本書。

「上次你不是說，如果有什麼是你這種幾乎不看書的人也能輕鬆看懂的書，要我借你看嗎？」

她還記得搬家那天，天說過的話。但也不必在這種地方拿出來吧……然而舞衣興高采烈地把書遞給天。

「雖然是推理小說，但是讀起來很輕鬆愉快喔，不嫌棄的話就讀讀看吧。」

「謝謝。」

天壓抑著躁動不安的心情，佯裝正常地接過，打開肩上的書包，從裡頭拿出藍色的書套。

「啊，你帶在身上啊，包起來看看？」

他其實就是想包上書套，才向舞衣借書。

天為舞衣借他的書包上拓實給他的書套。

「好好看啊，在電車上看這本書的話，你看起來也是文藝青年了。」

「什麼叫你看起來也是……話說誰會在電車上看書啊。」

「欸——為什麼不？我就會看啊。」

舞衣笑著從皮包裡拿出另一本書，那本書包著粉紅色的書套。

「你瞧，跟我一樣。」

舞衣笑意盎然的臉龐跟兩週前一模一樣，或許舞衣還是天熟識的那個舞衣。

天有點難為情，把書收進書包裡。

「謝啦，我會看的。」

「嗯，要看喔。」

拓實選的書套居然在這種地方派上用場……天在心裡感謝拓實。

「舞衣姊，妳想去哪邊？」

天指著南口與北口的方向。舞衣的家在南口，天的家在北口。舞衣毫不猶豫地指向北口。

「我想去你們家的居酒屋，我肚子餓了。」

「不用先回家嗎？說不定妳爸媽在等妳。」

舞衣目光悠遠地喃喃自語：「會嗎……」

「啊，不過我們明天要一起去給陽菜掃墓。」

「這樣啊。」

「嗯，爸爸說如果我要回家就一起去。」

「太好了。」

舞衣看著天，泫然欲泣的臉上浮現笑容。天笨拙地握住舞衣的手。

「那就先去我家吧，我請爸爸烤些雞肉串讓妳帶回家。」

因為很不好意思，天粗魯地拉著她的手。

「嗯，好啊。」

舞衣略顯慌張地跟在他背後。

走出車站，隨即就看見舞衣以前打工的便利商店。

天已經很少來這裡買牛奶了，也不再每天喝一公升牛奶。
「不知道店長在不在。」
經過便利商店時，舞衣看著店門口說道。
「那位店長已經不在了，換了一位新店長。」
「欸，真的假的？我好想再見他一面啊。」
「新來的店長是很恐怖的女人喔，動不動就罵工讀生。」
舞衣的身體抖了好大一下。
「幸好……我已經辭職了。」
打從心底鬆一口氣的語氣令天捧腹大笑。
這個人去了新的職場沒問題吧。天有點擔心，可是看到舞衣生動活潑的表情，心想她應該混得還不錯吧。
夕陽西下的商店街人來人往，肉舖的老闆娘正和鐘錶行的老闆娘在鐘錶行的店門口聊天。
天牽著舞衣的手從她們身邊走過時，被叫住了：「哎呀，這不是小天嗎！」
慘了，被看到了。
「欸，你旁邊這位是在便利商店打工的小姐吧？」

鐘錶行的老闆娘推了推鏡框說道。

「啊，你們好，好久不見了。」

舞衣放開天的手，乖巧地行了一個禮。

「幹得好啊，小天！你們在約會嗎？」

「不是啦。」

「別害羞、別害羞嘛。」

天決定不把兩位老闆娘的調侃往心裡去，丟下一句「那我們先走了」又牽起舞衣的手。舞衣則向她們行了一禮，跟著天往前走。

「什麼約會嘛，胡說八道。」

在五岔路的十字路口停下腳步，今天也是紅燈。

「我覺得就算被認為是約會也無所謂喔。」

「欸？」

舞衣的發言令天發出有如青蛙被踩扁的叫聲，舞衣抬頭看著天，微微一笑。

「而且這不是約會嗎？」

舞衣調皮地舉起與天相握的手，天突然覺得很不好意思。

「啊，嗯，就當是這樣吧。」

「嗯，就當是這樣。」

舞衣笑得很開心，她大概是在尋自己開心吧，天無從確定舞衣是不是認真的。

天牽著舞衣的手，不偏不倚地直視前方，號誌燈旁的老人已經不見了，但天的母親供奉的白花今天也微微地迎風搖曳。

天的胸口一緊，無論過了多久，這裡永遠是特別的地方。

綠燈了，天和舞衣各自往前跨出一步，一輛腳踏車越過他們，疾駛而去。遠處傳來不存在的緊急煞車聲，天全身倏地發涼，然後又頓時變得滾燙，心跳的速度越來越快。天一如既往地在心中反覆要自己冷靜下來、冷靜下來。

這時，舞衣用力地握緊天的手。

「沒事的，小天，你還有我。」

天看著舞衣的臉，舞衣也仰頭看天，以平靜的表情微笑。

那一瞬間，感覺全身的冷汗都乾了，回過神來，已經過了斑馬線。

對了，這一瞬間，舞衣保護了他。

因為兩人都很清楚彼此的傷痕。

「小天，你等我一下。」

舞衣說完，放開天的手，蹲在白花旁，雙手合十，靜靜地閉上雙眼。

片刻後，舞衣語氣輕輕地說道：

「拓實同學……還在這裡嗎？」

天搖頭。

「不在吧，誰要待在這種充滿汽車廢氣的地方啊。」

「說的也是。」

舞衣微微一笑，站起來。

「陽菜肯定也不在這裡了。」

「嗯。」

春天和暖的微風吹動舞衣的髮梢，舞衣用右手按住耳根，娉婷的姿態看得天目眩神迷，眼見一片花瓣乘風而來。

「啊……」

舞衣看著天的臉。

「櫻花瓣。」

「什麼？」

「沾到了。」

舞衣惡作劇地呵呵笑，點了點天的鼻頭。天的臉一口氣變得有如野火燎原般滾燙，舞衣把拈著花瓣的指尖舉起來給他看。

「你瞧。」

「啊，真的。」

心臟怦怦跳地吵死了。舞衣莞爾一笑，將手指伸向天空，張開指尖，粉紅色的花瓣隨風而逝。

舞衣仰望天空，一旁的天也看著天空，不知不覺間，蔚藍的天空飛舞著滿天的花瓣。

就像那天。一個人孤零零地在黑暗中墜落，當時也飄落滿天花瓣。

但現在有點不太一樣，這個世界不再一片漆黑，而是充滿明媚的陽光。

天不動聲色地尋找舞衣的手，找到舞衣溫暖的手後，輕輕地握住。

「太好了。」

「什麼事太好了？」

「能遇見舞衣姊。」

天的回答令舞衣笑意盎然地回握天的手。

「我也很慶幸能遇到小天。」

望向旁邊，只見舞衣笑靨如花。

「希望你能守護姊姊的笑容。」

天想起陽菜真誠的視線。

「我懂喔，因為我也想一直看到這個笑容。」

「咦？你說什麼？」

舞衣一頭霧水地看過來，天笑著對舞衣說：

「沒什麼。」

掌心稍微用力，舞衣也笑了，人行道的盡頭傳來聲音：

「你們回來啦！」

天的母親站在店門口大聲嚷嚷，朝他們招手。父親也從後面不聲不響地探出臉來。

「啊，別那麼大聲啦，好丟臉……」

天感到萬分無奈，身旁的舞衣咯咯笑，以不輸給母親的音量回答：

「我回來了！伯父、伯母！」

然後回頭對天說：「進去吧！」拉著他的手。

「肚子好餓啊，今天要多喝兩杯。」

「別喝太多喔。」

「不會啦，不過你要送我回家喔，小天。」

兩人你一言、我一語地牽著手走進店裡，天的父母欣慰地看著眼前這一幕。

春天的黃昏還很明亮，風輕柔地拂過傷痕，緊緊相繫的雙手十分溫暖。

還好那天沒有死掉。
天第一次這麼想。

後記

大家好，我是水瀨紗良。

非常感謝大家從茫茫書海中拿起這本《在櫻花盛開的季節遇見妳》。

這個故事能像這樣變成一本書，送到各位讀者手上，我真的很高興。

本作是被留下來的人攜手踏出第一步的故事。

任何人都有過與摯愛的人生離死別的痛苦經驗吧。

從痛苦中振作起來的方法因人而異。

或許也有人始終留在原地，停滯不前。

像這種時候，我認為不用努力想一口氣振作起來也沒關係。

想哭就哭，如果很寂寞，就說自己很寂寞，就算偶爾回頭看也沒關係。

就算內心充滿千迴百轉的想法，只要一點一點，像櫻花從花苞綻放那樣，一步一步往前走就行了。

倘若這時有人願意陪在自己身旁，一定會更有底氣吧。

但願這個故事也能成為某個人的心靈支柱。

最後請容我在這裡致上感謝之意。

謝謝責任編輯佐藤老師總是給我精準的建議與讚美的話語，我才能樂在其中地完成這部作品！

以及負責封面繪圖的Fly老師，如此精美的插圖是我的寶物，真的非常感謝。

還有要謝謝包括MICRO MAGAZINE出版社的各位同仁在內，所有協助這本書問世的人，更重要的是看到這裡的各位讀者。

真的真的非常感謝你們。

期待有朝一日還有機會再相見。

二〇二三年二月

水瀨紗良

在櫻花盛開
的季節遇見妳

國家圖書館出版品預行編目資料

在櫻花盛開的季節遇見妳/ 水瀨紗良 著；緋華璃 譯. -- 初版. -- 臺北市：平裝本出版有限公司, 2025. 03
288面；21×14.8公分. -- (平裝本叢書；第0563種)(@小說；66)
譯自：君が、僕に教えてくれたこと
ISBN 978-626-99500-0-3 (平裝)

861.57　　114001524

平裝本叢書第0563種
@小說叢書66

在櫻花盛開的季節遇見妳

君が、僕に教えてくれたこと

作　　者—水瀨紗良
譯　　者—緋華璃
發 行 人—平　雲
出版發行—平裝本出版有限公司
台北市敦化北路120巷50號
電話◎02-27168888
郵撥帳號◎18999606號
皇冠出版社（香港）有限公司
香港銅鑼灣道180號百樂商業中心
19字樓1903室
電話◎2529-1778　傳真◎2527-0904
總 編 輯—許婷婷
責任主編—蔡承歡
責任編輯—林鈺芩
美術設計—嚴昱琳
行銷企劃—謝乙甄
著作完成日期—2023年
初版一刷日期—2025年3月

法律顧問—王惠光律師

讀者服務傳真專線◎02-27150507
電腦編號◎435066
ISBN◎978-626-99500-0-3
Printed in Taiwan
本書定價◎新台幣320元/港幣107元